Albert Ostermaier (* 1967), Lyriker, Dramatiker und Romanautor, lebt und arbeitet in München. 1988 beginnt er, erste Gedichte zu veröffentlichen, und erhält zwei Jahre darauf mit dem Literaturstipendium der Stadt München seinen ersten Preis. Das 1995 im Bayerischen Staatsschauspiel München uraufgeführte Stück *Zwischen zwei Feuern. Tollertopographie* eröffnet Albert Ostermaiers Karriere als Theaterautor. Er wird Hausautor am Nationaltheater Mannheim, am Bayerischen Staatsschauspiel und am Wiener Burgtheater. Seine Theaterstücke wurden von vielen namhaften Regisseuren inszeniert, u. a. von Andrea Breth, Lars Ole Walburg und Martin Kušej.
Neben seinen zahlreichen Lyrik-Bänden erschienen seine Romane *Zephyr* (2008), *Schwarze Sonne scheine* (2011), *Seine Zeit zu sterben* (2013) und *Lenz im Libanon* (2015).
Albert Ostermaier ist u. a. Träger des Kleist-Preises, des Bertolt-Brecht-Preises und des Welt-Literaturpreises. Als Künstlerischer Leiter verschiedener Festivals hat Albert Ostermaier großes Ansehen erlangt. Für die Nibelungen-Festspiele in Worms verpflichtete ihn Intendant Nico Hofmann als Autor und als Kurator des Kulturprogramms.

Weitere Informationen zu Albert Ostermaier:
www.albert-ostermaier.com
www.fischertheater.de

ALBERT OSTERMAIER

GEMETZEL

Nibelungen-Triptychon
Teil 1

Mit einem Vorwort
von Nico Hofmann

FISCHER Taschenbuch

Theater
Eine Reihe bei FISCHER Taschenbuch

MIX
Papier aus verantwortungsvollen Quellen
FSC® C083411
FSC
www.fsc.org

Originalausgabe
Erschienen bei FISCHER Taschenbuch
Frankfurt am Main, August 2015

Aufführungsrechte: S. Fischer Verlag GmbH, Frankfurt am Main
Umschlaggestaltung und -motiv: Sanaz, Frankfurt am Main, www.sanaz.eu
Foto: Florian Süßmayr, München

Die Originalzitate aus dem Nibelungenlied stammen aus »Das Nibelungenlied« in der Übersetzung von Joachim Heinzle, erschienen im Deutschen Klassiker Verlag.

Satz: pagina GmbH, Tübingen
Druck und Bindung: CPI books GmbH, Leck
Printed in Germany
ISBN 978-3-596-73007-0

INHALT

VORWORT

In seinem Theaterstück GEMETZEL, das Albert Ostermaier als Auftragsarbeit für die Wormser Nibelungen-Festspiele 2015 geschrieben hat, erzählt Albert Ostermaier das Nibelungenlied aus dem Blickwinkel eines Kindes. Der Wunsch, man könne das bisherige und das zukünftige Leben noch einmal durch die magischen Augen eines Kindes sehen, ist auch der Traum einer totalen Utopie von Unschuld. GEMETZEL ist aber auch ein Stück über die Frauen geworden – es sind die Frauen, die hier im Mittelpunkt stehen und die Welt regieren. Während die Männer in seinem Stück in einer seltsam ängstlichen Verklammerung mit sich selbst verharren und die Macht des Schicksals nicht erkennen wollen, haben die Frauen schon längst die Fäden in der Hand und spinnen daraus langsam ihr blutiges Netz. Der Sehnsucht nach Liebe und Erlösung und einem Ende der Gewalt steht ein bedingungsloser Wille zur Macht gegenüber. In diesem unauflösbaren Dilemma verortet Albert Ostermaier seine Nibelungen.
Albert Ostermaier geht in seinem großen Werk – sei es in der Lyrik, der Prosa oder der Dramatik – immer wieder der Frage nach, wie wir uns in unserer eigenen Lebensdynamik so lange in Schuld und Widersprüche verstricken, bis ein bedrohliches Chaos entsteht, das sich nicht mehr gewaltfrei entwirren lässt. Auch in GEMETZEL greift Albert Ostermaier genau diese Frage auf und entwirft damit ein sehr heutiges Sittengemälde von Verdrängung, Verrohung und der Macht der Gewalt. Das Nibelungenlied ist damit aktueller denn je.

An Albert Ostermaier faszinieren mich seine Kraft, die Energie seiner Sprache und die große Ambivalenz in der Auffassung des Lebens. Wer Albert Ostermaier schon mal bei einer Lesung erleben konnte oder auf dem Fußballplatz – im Kreise der Literaturkollegen als Torwart –, der spürt diese ungeheure Energie von fast schon aggressiver Körperlichkeit und gleichzeitig immenser Zärtlichkeit. Genau davon lebt Albert Ostermaiers Literatur: Sie kommt den Abgründen des Lebens immer wieder sehr nahe und trägt gleichzeitig den großen Wunsch nach Menschlichkeit und Liebe in sich. Auch im Nibelungenlied sind es genau diese Antipoden von brutalster Gewalt und der Hinwendung zur Liebe, zum Geliebtwerden, die uns beide interessiert haben.

Meine Begegnung mit Albert Ostermaier gehört zu den nachhaltigen Erlebnissen in meinem Leben. Das Engagement für die Neuausrichtung der Nibelungen-Festspiele in Worms steht in sehr klarer Verbindung mit dem literarischen Schaffen von Albert Ostermaier. Ohne seine Zusage, für Worms zu wirken, wäre auch mein Engagement nicht möglich gewesen.

Nico Hofmann
Intendant der Nibelungen-Festspiele

GEMETZEL

Nibelungen-Triptychon
Teil 1

PERSONEN

ORTLIEB

NARR

KRIEMHILD

BRÜNHILD

ETZEL

DIETRICH

HAGEN / RITTER

GUNTHER

GERNOT

GISELHER

VOLKER

TÄNZERTRUPPE*

NIXEN

ZOFE

DIENER

* Die Tänzer stellen in Teil I jene Szenen aus dem Nibelungenlied nach, die in den Zwischentexten erzählt werden und die in abweichender Schriftart gesetzt sind.

TEIL I

PROLOG: NIXEN

Drei nackte Nixen, ihre Kleider suchend.

ERSTE WASSERFRAU *das Publikum direkt ansprechend* Hochgeborener Ritter Hagen, wir sagen Euch hier, wenn Ihr uns, kühner Held, unsere Kleider wiedergebt, wie Eure Fahrt zum Hunnenhof ausgeht. Wie Wasservögel treiben wir auf den Wellen, Ihr könnt uns ruhig glauben. Die Zukunft rinnt wie Wasser durch unsre Hände.

DRITTE WASSERFRAU Ihr könnt gut in Etzels Land reiten.

ERSTE WASSERFRAU Ich gebe Euch mein Ehrenwort, dass Helden niemals besser in irgendwelche Reiche zogen und so großen Ruhm erwarben.

DRITTE WASSERFRAU Das könnt Ihr wahrlich glauben.

ERSTE WASSERFRAU *Kleider auffangend* Danke, dass Ihr uns die Kleider zurückgegeben habt.

DRITTE WASSERFRAU Was freut Ihr Euch?

ZWEITE WASSERFRAU Ihr freut Euch zu früh.

ERSTE WASSERFRAU Wollt Ihr nicht die nackte Wahrheit hören?

ZWEITE WASSERFRAU *will ihre Kleider wiederbekommen* Ich will Euch warnen, Hagen. Kommt Ihr zu den Hunnen, seid Ihr verraten und verkauft. Kehrt wieder um!

DRITTE WASSERFRAU Es ist höchste Zeit für Euch!

ERSTE WASSERFRAU Weil Ihr kühnen Helden eingeladen seid, um in Etzels Land zu sterben.

ZWEITE WASSERFRAU Wer dorthin reitet, ist des Todes. Da, ich seh es in seinen Augen, er glaubt mir nicht.

DRITTE WASSERFRAU Es ist unabwendbar.

BILD 1: SLUOC

Im Lager vor dem Hof.

NARR *wie eine Krähe mit den Armen flatternd und um Jung-Ortlieb kreisend* Do sluoc, do sluoc, do sluoc, daz kint, daz kint, krähh, krähh, das kint, da sluoc der helt das krähh kind, krähh, krähh, das krähende, sluoc, sluoc, sluoc das kint, der helt, der gute held das kind, tot, er schlug es tot, der helt, do sluoc, der helt, do, do, do, tot, tot, das kind, do, tot, krähh, krähh, das kind, tot, krähh, sloc, krähh, das kint, tot, tot, der helt guot tot, tot, das kind, das kind, du, do, da, du do da, da du do, do sluoc, do sluc, du do da.

ORTLIEB Narr, hör auf, wer schlug wen tot? Vor dir steht ein Königssohn!

NARR Dich sluoc er do tot, tot, tot, die Krähen schreien's, da hörst du's nicht, tot, tot, do, do, sluoc.

ORTLIEB Aber ich leb doch, Narr, ich bin ein Ritter, schau nur, wie stark meine Rüstung ist und wie breit mein Schwert. Ich habe es Siegfried genannt!

NARR Das Blut fließt ihm von der Klinge auf die Hände zu, krähh, dem guten Held, krähh, da wie du do streckt er sein

Schwert in den Himmel, aber die Krähen, kräh, die Krähen erschlägt er nicht damit, dich erschlägt er und dein Kopf, Kind, dein Kindskopf, Kind, kräh, der springt, der springt, wie ein Ball springt er do, ganz geschwind, Kind, springt er in den Schoß, den blutigen Schoß deiner Mutter, der Kopf, Kind, in ihren Schoß und blutet und die Krähen werden weinen, kräh, aber Kriemhild weint nicht, die Krähe, die Küneginne.

ORTLIEB Du Narr, ich leb doch, beug dein Knie, ich schlag dir den Kopf ab zur Strafe, dass du mir Angst machst. Aber ich habe keine Angst, denn ein wackrer Held wackelt nicht.

NARR Ein Mord, ein Mord, und alles brennt, die Flügel brennen, die Krähen brennen, ein Himmel voll brennender Krähen, sieh nur, wie sie in der Sonne brennen, Kind.

ORTLIEB Beug schon dein Knie, damit ich dich endlich erschlagen kann, wie es sich gehört.

NARR Wollt Ihr mir nicht das Leben schenken? Es waren doch nur die Krähen, denen ich meine Zunge lieh, Herr.

ORTLIEB Dann lass dir die Zunge abschlagen, Narr, wenn sie mit Krähen spricht.

NARR Nein, lieber den Kopf, Herr. Sterbt wohl, Herr, und behaltet mich in lebendiger Erinnerung do unten im Himmel und werft mein Haupt in die Luft, damit ich euch allen auf den Kopf spucken mag, wenn der Regen ausbleibt.

RITTER Nimm, mein Schwert, Herr, es ist aus Eisen.

ORTLIEB Es ist so schwer.

RITTER Ich werd Euch helfen, den Narren einen Kopf kürzer zu machen.

ORTLIEB Ihr fragt gar nicht, was er getan hat?

RITTER Er ist ein Narr. Eine Fliege. Wenn sie Euch stört, erschlagt sie und reißt ihr die Beine aus.

NARR Ein Narr ohne Kopf ist wie ein König ohne Land. Ein Land ohne König trägt die Köpfe unter der Hand. Drei Köpfe hatte es, bald hat's keinen mehr, nur das Blut, das aus den Hälsen schießt. Ein Königreich aus Köpfen gebaut, ein Turm bis zum Himmel, seh ich, um den die Krähen kreisen, Schädel für die Bienen, summ, summ.

ORTLIEB Er hat gesagt, ich sei erschlagen worden. Ich würde sterben.

RITTER Keiner wird erschlagen außer ihm. Er verdient sein Brot, alles zu verdrehen. Aber heut beißt du ins Gras, Narr. Herr, ich zeig Euch, wie man's macht. So, das Schwert …

NARR Die Burgunder, die Nibelungen kommen!

ORTLIEB Wartet, edler Recke, Holzköpfe muss man mit Holzschwertern schlagen, überlasst das mir.

RITTER Der nächste Narr. Was sagst du?

NARR Die Burgunder kommen. Auf Einladung der Königin. Kriemhilds Brüder kommen.
Barbaren.

ORTLIEB Meine Onkel! Dir geb ich's! *Er beginnt den Narren zu schlagen.*

NARR Herr, Ihr habt mich erschlagen, alle Kinder sind Narren, also bin ich ein Kind, also bin ich hin, da sluoc er das kint, hin bin ich, tot, Ihr seid ein guter Held, nach dem bald keiner kräht, wenn alles untergeht.

RITTER Verschwinde, Narr, du hast deinen Spaß zu weit getrieben.

NARR Nur auf die Spitze, Ritter, nur eine Schwertspitze Salz in Euren Wunden, Herr.

ORTLIEB Sag, kommen sie wirklich?

NARR Alle sagen es, es läuft wie ein Feuer durch alle Zungen.

ORTLIEB Kommt auch ein Drache mit ihnen? Und bringen sie den Schatz mit? Was weißt du über die Nibelungen, sprich! Meine Mutter hat mir nichts erzählt, alle flüstern nur, nur von Siegfried hat meine Mutter Kriemhild mir geschworen, dass er der größte aller Helden war und den Drachen erschlug. Und ihr Blut fließt doch auch in meinem, halb Hunne, halb Nibelung bin ich.

NARR Nicht Fisch, aber Fleisch.
Wir werden Euch ihre Geschichte zeigen, Herr. Setzt Euch, Herr.

RITTER Ihr sollt den Jungen nicht verderben.

NARR Do do do, ein Drache, ein Drache, do! Wie konnt ein Weib aus Rache wohl entsetzlicher tun. Es ist ihr Sohn, er sagt kein Ton. Mehr. Nicht einmal ein Krächzen mehr, kräh, kräh.

RITTER Herr, müsst Ihr nicht ins Haus. Es ist zu gefährlich für Euch, wenn es dunkel wird, es läuft viel Gesindel rum hier, wenn auch manch guter Held.

ORTLIEB Lasst mich, bitte, nur ein wenig noch. Ich will die Geschichte zu Ende hören. Bis zum Ende.

BILD 2: DER NIBELUNGEN SAGE

Die Tänzer bereiten sich vor. Sie stellen alle Figuren und den feuerspeienden Drachen dar. Sie spielen die Nibelungensage wie eine böse Farce.

ORTLIEB Wer ist das?

NARR Das ist Sivrit, Siegfried, der Held, helt, der snelle degen guot, zu seiner besten Zeit, in seiner Jugendblüte Jahre konnt von ihm man wahre Wunder sagen.

ORTLIEB Aber der ist klein und hässlich und hat eine dicke Lippe. Ist das nicht eher der böse Hagen?

NARR *zeigt auf einen schwarzen Ritter* Nein, der dort ist Hagen, von Tronege Hagene, hack, hack, hack. Seine Seele ist so schwarz, dass sie durch die Rüstung drückt. Wenn Ihr ihn aufschneidet, werdet Ihr seine Seele in der Galle finden.

RITTER *zieht sein Schwert* Ihr …

NARR Verzeiht, mein Herr! Ein Spiel. Ich wollte Euch nicht beleidigen, hack. Setzt Euch zu uns und unserm Herrn, Ritter Hack Hack, sie geben der Nibelungen Sage. Der edle Recke dort ist Siegfried.

RITTER Wahrlich, der sieht ihm gleich.

ORTLIEB Aber Siegfried war schön und groß wie der Dom zu Worms und hatte Muskeln wie Weinfässer dick und Arme wie Schwerter! Seine Augen leuchteten so blau wie der Himmel an Sommertagen, seine Pupillen waren Falken, die aus ihnen stachen, als wären sie im Sturzflug ihre Beute zu greifen.

RITTER Sagte Eure Frau Mutter Euch das? Siegfried war …

NARR Er war ein Niederniederländer. Und die sind klein und hässlich wie der da.

RITTER *zu Ortlieb* Was erzählte Eure Mutter über Hagen, den Starken? Hasst sie ihn noch?

NARR Mein junger Herr, Euer Wunsch sei Wirklichkeit. Hört zu, Siegfried, sivrit, du bist schön, Siechfried. Alle Frauen lieben dich, du bist hinter der Hecke der stärkste Recke der Welt! Hör nur, er bellt! Gut so?

ORTLIEB Aber er ist doch immer noch der Gleiche!

RITTER Hat sie den Burgundern Siegfrieds Tod verziehen? Dürstet sie noch nach Rache, wie es Siegfried dürstete nach Wasser, nach dem er mit Hagen durch den Wald zur Quelle rannte?

ORTLIEB Könnt Ihr ihn nicht zumindest auf Stelzen stellen?

RITTER Wollt Ihr mir nicht antworten?

NARR Seht selbst, wie sie sich anstellen! Ihr müsst Euch wie ich auf den Kopf stellen, dann sieht's besser aus.

RITTER Am besten ohne Kopf.

NARR Ich fürchte, Ihr müsst sehen, was Ihr wünscht zu sehen. Das ist verwunschen. Edler Ritter, verzeiht, wollt Ihr nicht, hack, die Maske abnehmen? Fast fürcht ich mich, und das Kind tut es auch. Schaut, ich zittre wie ein Aal vor dem Hackhagenbeil.

ORTLIEB Ich bin furchtlos wie Siegfried!

RITTER Hätte er um sein Leben gefürchtet, wäre er nicht tot in Eurer Mutter blühendem Schoß gelegen, welk wie eine Blume, die der Tod in sein Buch gepresst hat, damit sie den Helden nie vergisst. Wer furchtlos ist, den fürchtet der Tod nicht.

ORTLIEB Dann soll ich meinen Tod fürchten?

RITTER Wie Eure Mutter ihn fürchtet.

ORTLIEB Werd ich dann ein Held, wenn ich Angst habe wie eine Frau?

RITTER Angsthasen zieht man das Fell über die Ohren. Sie hängen an den Haken wie Eure Feinde vor den Toren, mit denen der Wind spielt. Ihr müsst Respekt haben, mein junger Herr, vor dem Leben und dem Tod. Manchmal ist der Tod das Leben und das Leben der Tod. Manch einer ist nur geboren, damit man ihn tötet. Und auch der größte Held hatte als Kind Angst vor den Schatten und schiss sich in die Rüstung als Ritter, wenn die erste Lanze auf ihn zu jagte.

ORTLIEB Aber ich soll doch ein Held werden, sagt Vater.

RITTER Und Eure Mutter?

ORTLIEB Sagt es ebenso.

RITTER In Euch brennt das Blut eines Burgunders und tobt das Herz eines Hunnen. Ihr werdet Euch entscheiden müssen.

ORTLIEB Kann ich nicht beides sein?

RITTER Seid Ihr getauft oder ein Heide?

ORTLIEB Ich bin ein Christ wie du und trage ein Kreuz auf der Brust.

RITTER Siegfried trug es auf der Schulter.

NARR Wollt Ihr gleich selbst die ganze Geschichte erzählen? Und, edler Recke, wollt Ihr Euch nicht zu erkennen geben?

ORTLIEB Nein! Behaltet die Maske auf, Ritter dürfen sich für Turniere verhüllen. Kämpft Ihr für Kriemhild, meine Mutter?

NARR Er trägt ihre Farbe.

BILD 2.1: KRIEMHILDS TRÄUME I / FALKEN

Kriemhild wird von ihrer Zofe angezogen. Sie sieht aus dem Fenster.

KRIEMHILD Dass ich die Frau eines Heiden wurde. In dieses Unglück haben mich Hagen und Gunther gestürzt.

ZOFE Aber hier sind doch jederzeit Christen neben Heiden.

KRIEMHILD Das wird es nie wieder geben.

ZOFE Egal, nach welchem Glauben einer lebt, die Freigiebigkeit des Königs sorgt dafür, dass man alle reich beschenkte.

KRIEMHILD Hätte Hagen mir nicht meinen Schatz, den Hort der Nibelungen, gestohlen, wäre ich es, die hier reich beschenkte.

ZOFE Man trifft an Eurem Hof jederzeit die kühnsten Helden, von denen man jemals bei Christen und Heiden gehört hat.

KRIEMHILD Wie viele es auch sind, reichen sie hin, Siegfried zu ersetzen?

ZOFE Alle kamen sie wegen Etzel. Alle bleiben sie wegen Euch. Liebt Ihr denn nicht Euren Mann, den mächtigen König, Etzel?

KRIEMHILD Mächtig? Welche Macht? Macht er Siegfried wieder lebendig? Macht er Hagen tot? Ein Falke war Siegfried, der mächtige Etzel ist nur ein Spatz in meiner Faust. Liegt er

auf meinen Lippen, liegt er mir zu Füßen. Und was ich wünsche, spricht er mir nach, öffne ich meine Schenkel. Er macht Liebe, und ich liebe die Macht. ich bin sô rîche und hân sôgrôze habe, daz ich mînen vînden gevüege noch ein leit. des waereêt ich von Tronege Hagen gerne bereit.
Mit Freuden nähme ich mir Hagen von Tronje vor. Ich hatte heute einen schrecklichen Traum … *Sie bricht in Tränen aus.*

ETZEL Daz elliu dîniu leit swende, nimestû der künic Etzel z'einem man. Was seh ich Euch in Tränen, Frau? Kein Leid versprach ich Euch, würd Euch sehen, seid Ihr meine Königin.

KRIEMHILD Tränen der Freude sind es, weil ich Euch wiedersehe und Ihr mir meinen kostbarsten Wunsch erfülltet. Wie wisst Ihr doch alles Verborgene aus meinem offenen Herzen zu lesen.

ETZEL So dringlich könntet Ihr Eure Verwandten gar nicht sehen wollen, wie ich sie sehen möchte, die Kinder der hochgeborenen Ute. Es betrübt mich sehr, dass sie uns so lange ferngeblieben sind, wenn sie Euch so glücklich machen. Habt Ihr denn wahrlich vergeben und vergessen, was sie Euch angetan?

KRIEMHILD Hagen tat's, nicht sie.

ETZEL Aber auch er kommt und muss als Gast unsere Freundschaft genießen.

KRIEMHILD Wir sind beide vom gleichen Blute. Ich habe ihm verziehen und werde auch ihm zeigen, wie ich als gute Christin verzeihe.

ETZEL Mein Bote sagt, er riet den Seinen, nicht zu kommen: »Lasst Euch nicht täuschen«, sagte Hagen, »was sie auch sagen mögen, die Boten aus dem Hunnenland! Wenn Ihr Kriemhild besuchen wollt, könnt Ihr Ansehen und Leben dort verlieren. Die Frau des Königs Etzel rächt mit langem Atem.«

KRIEMHILD Niemand kennt meinen Atem außer Euch, mein König. Wollt Ihr ihn wie heute Nacht atmen hören, dann kommt, uns bleibt noch Zeit, hier hängt das Kleid.

ETZEL Ihr zieht mich an, dass ich wie nackt vor Euch stehe, ein König erst in Euren Armen. Heute Nacht aber schriet Ihr nicht nur aus Lust, als der Schlaf Euch übermannte, träumtet Ihr, Ihr schriet den Namen Eures Bruders Giselher und dass Ihr nicht schuldig werden wolltet und das Versprechen brechen. Welches Versprechen gabt Ihr ihm?

KRIEMHILD Es war nur ein Traum, ich erinnere mich nicht. Nie hat Giselher mir ein Unrecht getan, nie soll ihm Unrecht geschehen. Immer schon hat ich Angst um ihn wie um einen Sohn.

ETZEL Ich kenn auch nur eine Angst, die Angst um Ortlieb, unseren Sohn. Er wird ein neuer Alexander sein, er trägt den Westen und Osten in sich, er wird beide vermählen, die Sonne wird in ihm auf- und untergehen! Da kommt mein Narr …

KRIEMHILD Er darf mich so nicht sehen.

ETZEL Er ist blind. Er macht uns sehen. Und bringt uns Kunde, was draußen so mag geschehen und unseren Augen und Ohren verborgen wird.

NARR Meine Königin. Ich hatte einen Traum.

KRIEMHILD Verschone mich mit deinen närrischen Träumen. Sonst rollt dein Kopf deinen Augen hinterher in den Schlamm.

NARR Ihr gebt mir das blutige Stichwort, schönste Königin. Was sich hasst, das liebt sich, und was sich liebt, das hasst sich, war es nicht so? Mir träumte, und ich schauderte vor Kälte, Euer Kopf, Königin, und der Kopf von Hagen, sie beide fielen von den Schultern zu Boden und rollten aufeinander zu. Und mein Gott, sie trafen sich für einen ersten und letzten Kuss. Wie von Geisterhand geführt, trafen sich ihre Lippen dort, und die Augen schlugen noch einmal auf, bevor sie erstarrten wie die Münder, die so aneinander klebten, dass man sie nicht mehr trennen konnte im Tod, es sei denn mit einem Schwert.

KRIEMHILD Wie wagt Ihr es! Etzel, schneidet ihm die Zunge aus seinem Schandmaul!

ETZEL Wer den Narr tötet, tötet aus Narrheit. Ihm darf kein Unglück geschehen, denn was ihm geschieht, geschieht auch uns.

KRIEMHILD Dann müsstet Ihr blind sein.

NARR Ja, blind ist er für das, was Ihr im Schilde führt.

ETZEL Narr, was hört man von den Burgundern? Und habt Ihr auch auf Ortlieb aufgepasst?

NARR Ich hatte ein Auge auf ihn. Er war mit einem Ritter, von dem es heißt, er trüge Schwarz wie die Königin. Sein Herz schwitzte, wie ich roch. Die Spielleute spielten das Lied von den Nibelungen für sie. Es wurde viel gelacht, doch manches klang, als wär's ersticktes Schreien, und einer brüllte vor Lachen, aber er brüllte vor Wut.

KRIEMHILD Ja, an diesem Hofe wird gelacht und nicht geklagt, wie ich lernte, mein lieber Mann. Ich lache. Seht, ich kann lachen. Und, Narr, bringt Ihr auch Hagen zum Lachen, will ich Euch mein Lachen schenken, wie ich dem König einen Sohn schenkte.

BILD 2, *fortgesetzt*

RITTER Spielt, wir wollen sehen, was Ihr zu berichten habt von den wackren Burgundern und Siegfried, dem Sagenumwobenen.

NARR Das ist Siegfried, und er ist ganz verliebt, liebt, liebt, liebt. Er hörte mit so einem Ohr, Rohr, von einem Mädchen im Burgund, schlechthin vollkommen, von einer Schönheit ohne Worte, sie zu … *Er macht eine obszöne Geste.* … treffen.

ORTLIEB Meine Mutter! Aber er kannte sie doch gar nicht! Er hatte sie nie gesehen!

NARR Er kannte sie vom Hörensagen. Von närrischen Sängern wie mir, die Bilder in Worten tragen von einer Burg zu anderen.

ORTLIEB Dann hat er sich in einen Sänger verliebt?

RITTER Kriemhild hat von einem Falken geträumt, nicht von Krähen, die hier kreisen und alles schwarz malen über unseren Köpfen und bald als Asche auf uns fallen und fallen wie die Häupter unter dem Schwert. Der Falke, den du zähmst, das ist ein hochgeborener Mann, sagte ihr der Traum. Wenn Gott ihn nicht beschützt, wirst du ihn früh verlieren.

ORTLIEB Warum hat er ihn nicht beschützt?

RITTER Weil er es so gewollt hat.

ORTLIEB Hat dann Gott Siegfried erschlagen und nicht der böse Hagen?

RITTER Böse Zungen, die meinen Geist plagen, sagen, die göttergleiche Kriemhild hätte ihn erschlagen …

ORTLIEB Meine Mutter …

RITTER … und nicht Hagen, der sollte nicht allein die Schuld an allem Leid und Blute tragen, das den Rhein hinunterfloss, bis in den Fischen rote Augen glühten und das Wasser, der Glanz des Goldes, sich dunkel trübte. Will deine Mutter sich denn an Hagen rächen oder hat sie vergessen, was sie nie zu vergessen schwor? Stehen Eure Truppen denn in Waffen? Sind all die Ritter immer hier?

BILD 2.2: KRIEMHILDS TRÄUME II / TARNMANTEL

KRIEMHILD Hast du Hagen gesehen?

ZOFE Aber Herrin, er ist noch nicht da. Alle reden davon, dass die Burgunder kommen. Aber sie sind nur in aller Munde, doch noch niemand hat sie gesehen.

KRIEMHILD Ich spüre, er ist da.

ZOFE Nie würde er allein kommen.

KRIEMHILD Sie kennen ihn alle nur vom Hörensagen. Du hast ihn gesehen, du kennst ihn, alle meine Frauen kennen ihn, schick sie ins Lager, sie sollen überall nach ihm schauen. Er ist da.

ZOFE Warum sollte er vor den anderen kommen? Allein und ungeschützt und noch dazu verborgen? Was würde Euer Mann, der kühne Etzel, dazu sagen?

KRIEMHILD Du kennst Hagen. Er ist überall, er hat tausend Augen, tausend Ohren, er hat mehr Köpfe, als Medusa Köpfe hat. Er ist in allen Köpfen, keine Schlangen müssen aus seiner Stirn wachsen, seine Worte sind die Schlangen, die in alles kriechen. Wenn er will, kann keiner ihn sehen, weil er jeden klaren Blick auf sich verstellt. Aber mich kann er nicht täuschen. Wie auch ich ihn kaum zu täuschen vermag.

ZOFE Ihr sprecht so, als könnte er sich unsichtbar machen. Macht Euch nicht der Hass blind und lässt Euch nicht die Trauer sehen, was nicht da ist. Hier ist kein Hagen am Hofe.

KRIEMHILD Ich träumte letzte Nacht, Hagen würde zu mir kommen Nacht für Nacht. In Siegfrieds Tarnmantel gehüllt, würde er kommen und mich berühren, mit seinen unsichtbaren Händen über meine Haut gleiten, die Schultern, berührte mein Schlüsselbein mit seinen rauen Lippen, mit seinen schweren Händen öffnet er meine Schenkel, während er mit seinem unsichtbaren Atem in mein Ohr haucht: Ich bin da, dein Hagen, du hast mich gerufen, ich bin immer da, wenn du die Augen schließt. Und als ich gestern mit Etzel schlief, war mir, als schliefe ich mit Hagen, und mein Mann läge träumend neben mir.

ZOFE O Herrin, er ist wie ein böser Zauber, der Euch befallen hat.

KRIEMHILD Er sagte, Hagen sagte, im Traum, war es ein Traum?, Kriemhild, sagte er, meine schöne Königin, sagte Hagen, Ortlieb soll dir lieb und teuer sein, denn er ist mein Sohn.

BILD 2, *fortgesetzt*

NARR Sie sollen spielen, Männer, nicht reden, oder sind sie Frauen, die Männer spielen, die sich kaputt hauen statt aufs Maul, ihr Affen!

Die Tänzer formieren sich für den Beginn, der Himmel legt sich mit seinen Unglücksschatten auf ihre bloße Haut. Wolken ziehen vorüber.

ORTLIEB Sind das die Burgunder?

RITTER Nein, mein Sohn. Erst nachdem Siegfried nach Worms –

ORTLIEB Kommt das von Wurm? Ist das eine Drachenstadt? Speien sie alle Feuer dort?

RITTER Ich war dort und habe es mit meinen Augen gesehen. Die Burgunder sind in Drachenblut getaucht, seit Eure Mutter sie verließ. Worms ist die Stadt der Unbesiegbaren, die Stadt auf tausend eisernen Füßen. Aber erst nachdem Siegfried dorthin gekommen war, Eure schöne Mutter mit Brünhild zu betrügen, nannte man die Burgunder Nibelungen. Als würde man die Hunnen Schweine nennen, wenn sie ein Schwein gefressen haben.

ORTLIEB Er hat meine Mutter …

NARR Ritter, erzählt nicht das Ende vor dem Anfang, die Sahne vom Kuchen. Ihr seid ein Spielverderber *zur Seite* und verdorben wie das Fleisch zwischen Euren faulenden Zähnen. *Zu dem Tänzer* Siegfried, wach auf, da lästert dich einer, der nie den Mut hätt, Aug in Aug mit dir das Schwert zu kreuzen, statt in das Kreuz das Schwert zu senken. Wo waren wir? Do sluoc sluoc hack hack. Oder? Nein? Wo?

Dort ringen sie mit ihren düstren Gedanken, die beiden Nibelungen, die Königssöhne Schilbung und Nibelung, die sich wie Kain und Abel ihren Schatz teilen wollen und es nicht vermögen. Die Hand des kühnen Siegfried sollte alles für sie teilen. Da gaben sie ihm Nibelungs Schwert als Lohn. Aber der Neid hat ihr Herz zerfressen, und so suchen sie den Streit und finden ihn im Kampf mit Siegfried, dem Helden.

ORTLIEB Balmung!

NARR Ritter, wollt Ihr nicht unserem Siegfried Euer Schwert leihen, er hat seines gerade zerbrochen, er kriegt es nicht mehr hoch.

ORTLIEB Balmung kann nicht brechen.

RITTER Aber das Herz, in dem es steckt, kann brechen.

ORTLIEB Er hat es nicht geschafft? Siegfried?

NARR Sivried, die gute Seife, war so blond wie die Sonne, aber die sticht ins Auge, wenn man denken will. Er konnte nicht in die Weite sehen, deshalb schlug er wie ein Wilder um sich, er sluoc und sluoc und sluoc. Einer von denen, die er so traf, war schon der Richtige. Die beiden Könige, sie hatten Verbündete bei sich, zwölf kühne Männer, die starke Riesen waren. Was nützte ihnen das? Im Zorn erschlug sie Siegfrieds Hand, dazu bezwang er siebenhundert Helden aus Nibelungenland mit dem starken Schwert, das …

ORTLIEB Balmung

NARR … hieß, schnief.

Siegfried, schön wie eine Klinge in der Sonne, tötet mit seinem mächtigen Schwert beide Königssöhne und verspritzt ihr Blut ins Abendrot, ein blutiger Horizont für die Jahre, die kommen.

RITTER Sprach Kriemhild zu Euch von dem Hort, den der Zwerg schützte? Will sie ihn zurück?

ORTLIEB Der Schatz ist nur in Hagens Kopf, hörte ich, als sie sprachen. Hilfst du mir, ein Ritter zu werden wie du? Voller Tugend, Tapferkeit und Treue bis in den Tod? Legte ich mein Leben in deine Hand, Ritter, hieltest du sie dann schützend über mich?

RITTER Meine Hände sollen Eure Schultern sein, Euer Haupt wie ein Held zu tragen.

ORTLIEB Wirst du mich lieben?

RITTER Ich gehöre nicht zu Eurem Hofe. Anderen wird Euer Schutz befohlen sein.

ORTLIEB Aber wem kann ich trauen? Lauert nicht überall Verrat und Mord, wie es in den Geschichten heißt? Ich wäre so gerne ein Kind, bevor ich König bin.

RITTER Als König dürft Ihr Kind sein.

ORTLIEB Und als Kind ein König?

RITTER So müsst es sein.

ORTLIEB Aber bin ich nicht ein Gefangener? Und heißt diese Gefangenschaft nicht Liebe und Geschlecht, und ist nicht der Hof, auf dem ich spielen will, ein anderer als der, in dem ich leben muss? Könntet nicht Ihr für mich Kind sein, und ich darf als Ritter in der schwarzen Maske frei sein und von Turnier zu Turnier ziehen? Wollen wir nicht die Mäntel tauschen?

RITTER Das gefiele Eurer Mutter nicht.

ORTLIEB Mutter sagt, ich sei ihr Schatz. Aber ist ihr Schatz nicht der, den Hagen im Rhein versenkt hat. Lebe ich nicht unter Wasser? Sieht sie mich nicht immer hinter Tränen nur? Ich bin Etzels Sohn. Und Etzel liebt mich wie seinen Sohn. Er liebt den Hunnen in mir. Aber wer liebt den Burgunder in meinem Blut?

RITTER Eure Mutter nicht? Sie ist aus Burgund. Liebt sie die Burgunder nicht mehr? Hat sie nicht nach ihren Brüdern geschickt, weil sie sie vermisst? Sogar gegen Hagen, hieß es, würd sie nicht mehr Zorn im Herzen und Rache tragen.

ORTLIEB Liebst du den Burgunder in mir? Würde ein Burgunder je einen Burgunder töten?

RITTER Ich bin kein Burgunder. Ich bin ohne Land. Mein Land ist meine Lanze und mein Dom das Schwert.

ORTLIEB Ich habe von dir geträumt. Deshalb vertrau ich dir.

RITTER Was träumtet Ihr?

ORTLIEB Alles drehte sich, es war, als könnte ich fliegen. Da war ein Gastmahl reich geschmückt, nur die erlesensten Speisen. Und ich hörte Eisen. Und ich sah in deine Augen ohne Maske, die ich vorhin wiedererkannte, und dann sah ich Mutters Gesicht, und ich wirbelte durch die Luft, als trüge ich Siegfrieds Tarnmantel, aber wäre nur bis zum Kopf unsichtbar. Ich fühlte mich von aller Last befreit, und du warst der, der mich befreit hatte, das spürte ich. Du machtest meine Seele fliegen. Der ganze Orbit gehört Ortlieb, deutete unser Seher, er stellt die Welt, wie wir sie kennen, auf den Kopf. Aber der Seher sah auch Gefahr. Und deshalb bitte ich dich, mein schützender Engel zu sein, denn die Hunnen kennen keine Engel, sondern nur Dämonen. Willst du mir …

Ein schwerer Ast von dem Lindenbaum unter dem sie stehen, bricht, stürzt auf Ortlieb zu. Der Ritter rettet ihm im letzten Moment das Leben.

Da! Ein Zeichen, schon hast du mir das Leben gerettet! Als könntest du jede Prophezeiung bezwingen nur durch deinen Willen! Bitte, nein, bleibt da, macht kein großes Aufsehen, bleibt ruhig, setzt Euch, sagt es niemandem, was geschah. Ich will weiter Euer Theater sehen!

RITTER Hier, auf dem Ast, der brach, war ein Nest. Das Vöglein ist noch klein. Hütet es wie Euer Leben.

ORTLIEB Ich verberg und wärm es an meinem Herzen.

BILD 2.3: KRIEMHILDS TRÄUME III / VERRAT

Etzel steht mit Kriemhilds Zofe vor deren Bett. Kriemhild wälzt sich.

ETZEL Sie schläft mit offenen Augen. Manchmal denke ich, ich schlafe neben einer Toten.

ZOFE Seit Siegfrieds Tod tat sie kein Auge mehr zu.

ETZEL Sie schreit im Schlaf. Dauernd schreit sie, wenn sie träumt, die ganze Nacht schon. Sie schreit sich von einem in den nächsten Traum. Und morgen kommen ihre Brüder.

ZOFE Die Geister quälen sie. Ihre Pupillen sind so schwarz wie keine Nacht es ist.

ETZEL Ihr kennt Euch doch aus. Kann es sein, dass sie verzaubert ist?

ZOFE Verzaubert?

ETZEL Dass ein böser Zauber sie befiel, dass sie verhext wurde.

ZOFE Und das aus Eurem Mund, der sonst nichts als die Vernunft kennt.

ETZEL Kann es nicht sein, dass sie vergiftet wurde?

ZOFE Ja, der Tod hat sie vergiftet, Atemzug für Atemzug zieht er sie zu ihm und weg von Euch. Das Leben hat sie vergiftet, die Trauer, die Wut und die Angst, dass ihre Wut ins Leere läuft, wo nichts wartet.

ETZEL Liebt sie mich?

ZOFE Ist das ein Gift?

ETZEL Liebe ist das schlimmste Gift. Ein schleichendes Fieber, das dir alle Kräfte und den Verstand raubt. Und am Ende ist die Liebe Wut, und die Wut kennt keine Liebe mehr nur den Tod als Nächstenliebe. Ich weiß, Ihr kocht ihr Tränke, sammelt Kräuter. Ich seh oft den Rauch in Euren Gemächern durch alle Ritzen entweichen, ich höre Euch singen, fluchen, sah Euch Nadeln in Stoff stechen, Haare verbrennen, Kröten schlachten und Panzer zerhämmern, ich sah Euch bei Mondlicht und bei Mitternacht durch die Wälder laufen, ich sah die Steine, die Ihr um Kriemhild legt. Ich könnte Euch verbrennen lassen, für alles, was ich sah. Seid Ihr schuld an ihrer Qual, hat Hagen Euch verpflichtet, Kriemhild zu töten so langsam, wie keine Schnecke kriecht zum Ziel? Der Schlaf, der fehlt, ist der Schlaf, der kommt.

ZOFE Ich liebe sie mehr als alles Blut der Burgunder in mir, ich würde es zur Ader lassen, strömte es in ihr Leben. Was ich tue, ist ihr Frieden zu schaffen. Sie leidet wie kein zweiter Mensch am Unerlösten. Sie liebt Euch, mein König. Aber sie konnte ihre alte Liebe nicht zu Grabe tragen, und wie ein Schatten liegt sie zwischen Euch und hat die Farben Hagens.

ETZEL Die Träume müssen aufhören. Sonst sitzt Kriemhild mit uns und Hagen an einem Tisch und träumt mit offenen Augen, und ihre schlimmsten Träume werden wahr, weil sie wie im Traum handelt und alles zum Allerschlimmsten wandelt.

ZOFE Ich versuche, was ich kann. Doch es ist eine Gefahr. Misslingt es, wird sie nie mehr weder Schlaf noch Liebe noch Glück finden.

ETZEL Wird sie es denn, wenn es Euch nicht gelingt?

KRIEMHILD Etzel, was stehst du da mit Brünhild? Er hört mich nicht, sie hören mich nicht. Was sprechen sie da? Warum berührt er ihren Arm?

ETZEL Brünhilde, ich wusste längst, dass Ihr im Lager seid, verkleidet als ein Mann. Und dass Ihr kämpfen wollt.

BRÜNHILD Dann kämpfe mit mir wie ein Mann und wähl die Waffen.

ETZEL Ich trage keine Waffen. Nur Worte weiß ich zu führen.

BRÜNHILD Dann seid Ihr eine Frau.

ETZEL Ihr mein Mann. Dann lasst uns statt Schwertern die Körper kreuzen. Schlimmer könnt Ihr Kriemhild nicht kränken.

BRÜNHILD Warum macht Ihr das?

ETZEL Weil sie uns beide mit Siegfried betrog und noch immer betrügt. Sie schläft mit ihm in ihren Träumen und träumt, uns zu töten, wenn sie wach ist.

BRÜNHILD Ihr wollt sie betrügen, weil sie Euer Haar blond färbt mit ihren Gedanken, wenn Ihr auf ihr liegt, weil sie Eurem schwachen Körper Muskeln wachsen lässt, wenn Ihr sie nehmt.

ETZEL Ihr seid klug. Was ist mir Liebe? Liebe ist etwas für Euch. Nur im Lieben seid Ihr noch eine Frau. Steht endlich Euren Mann. An der Liebe interessiert mich nur das Spiel. Was ich will, ist Macht. Was ich brauche, ist Gold. Euer Gold. Eure Rache soll mir billig sein. Ich geb Euch dieses Pfand. Diesen Ring schenkte mir Kriemhild mit einem Versprechen. Tragt Ihr ihn, und sie sieht Euch damit, ist Eure Rache so vollkommen wie ihre Blöße und Vernichtung.

BRÜNHILD Ihr verratet Eure Frau. Ich spucke auf Euch.

ETZEL Ich habe niemandem als mir selbst die Treue geschworen. Und wer bin ich. Ich bin der König der Hunnen. Wenn ich »Ich« sage, meine ich Tausende. Was ist mein Glück gegen das ihre? Ich bin nichts wert, aber der König der Hunnen ist es.

BRÜNHILD Ihr sprecht wie Hagen.

ETZEL Ja, Hagen und ich sprechen die gleiche Sprache. Liebt mich als Hagen, wenn es Euch leichter fällt. Das wird sie noch mehr kränken. Lasst mich sehen, über welchen Finger der Ring passt. Wie sehr Ihr mich hasst, und doch könnt Ihr nicht widerstehen, denn Euer Hass will sich mehren durch Liebe.
Als sie sich zu küssen beginnen, schreit Kriemhild.
Weckt sie, wenn ich weg bin.

ZOFE Meine Königin. Jetzt könnt Ihr schlafen.

BILD 2, *fortgesetzt*

Der Kampflärm lockt Zwerge aus der Höhle, in der sich der Schatz befand. Fratzen auf Beinen, kürzer als Hände. Ihr König Alberich, so verschlagen wie hässlich, versucht, Siegfried mit Hilfe seiner Tarnkappe zu besiegen. Doch Siegfried sieht, was keiner sehen will, und entreißt sie ihm, wird damit Herr über den Schatz und seinen Fluch im Segen des Goldes. Es regnet Metalltropfen, und sein Schwert sticht wie der Regen. Siegfried erschlägt alle bis auf Alberich, den Wurm, den er, statt ihn zu zertreten, zu seinem Kämmerer macht. Alberich, der Treulose, muss Siegfried ewige Treue schwören. Siegfried trägt den Schatz zurück in den Berg. Alberich wird ihn hüten wie ein offenes Geheimnis, dessen Wunde sich nie mehr schließen wird.

ORTLIEB *zeigt auf die Tänzer* Das soll ein Drache, sein?

NARR Nein, Herr, ein Wurm, ein lintrachen, ein Lindwurm, deshalb hängt jeder an dem Hinterteil des Vordermanns, und Siegfried schlägt sie dann auseinander und spießt sie auf mit seinem Schwert, do er den lintrachen an dem berge sluoc.

ORTLIEB Wenn man einen Wurm in der Mitte erschlägt, sind es doch zwei, und die leben weiter.

NARR Ja, seht, auch mich hat man in zwei Hälften geschlagen, die andere ist der Ritter dort, das Hackgesicht. Der Drache wurde ein schleimiger Wurm, und der Wurm hieß Hagen und fiel mit einem Blatt vom Baum.

Siegfried, der Starke, erschlägt den Drachen und badet fiebernd in seinem Blut, damit seine Haut unverletzlich wird. Doch vom Lindenbaum dort, unter dem der Drache lag, als er schlief, fällt ein Blatt ganz langsam und sanft von der Luft getragen hinunter auf Siegfrieds Schulter. So bleibt diese Stelle allein unberührt vom Blut, in dem er sich suhlt wie ein Schwein.

NARR Ich will euch nehmen, was ihr habt, sagte Schleimfried, der Gauda, Länder und Burgen, das soll unter meine Herrschaft kommen.

ORTLIEB Aber wie kann er meinen Onkeln alles wegnehmen wollen? Was würde mein Vater, der mächtige König Etzel, sagen, kämest du, Ritter, und sagtest, alles hier ist von nun an meines, und nähmst mir mein Schwert und meine Rüstung ab?

NARR Ja, der König und mit ihm seine Männer wunderten sich über das, was er hier hörte, dass Siegfried die Absicht habe, ihm seine Länder abzunehmen.

Siegfried, übermütig von seinem Mut, wie er die Muskeln spannt, wie hoch er seinen Kopf vor dem Fall trägt, so erscheint er, der Mörder der Könige, am Hof der Burgunder und fordert ihr Königreich für sich. Da steht er mit seinem Schwert, das nur eine Sprache kennt. Aber sie wollen seine Sehnsucht nicht verstehen. Statt mit ihm zu kämpfen, bieten sie ihm die Hand Kriemhilds an und schlagen so mit seinem eigenen Herzschlag das Schwert aus seiner Faust. Er verliebt sich in sie, der Held ein Tor, der Riese ein Zwerg.

NARR So sind sie, die Burgunder. Sie töten, indem sie sich Freunde machen, und machen sich Freunde, indem sie töten. Ihre Worte sind Blumen, aber ihre Zungen Sensen, sie zu mähen. Sie sind wie der Schnee im Frühling, der alles erstickt, was sich schickte schon zu blühen. So wurde Siegfried in Burgund ein viel umworbener Gast. Es gab keinen, der ihm nicht gewogen war. Dem Held aber stand der Sinn nach Hoher Liebe. Er hatte ein schönes Mädchen im Sinn eine Fürstin.

ORTLIEB *versteckt sich hinter dem Ritter* Das ist peinlich. Sie sind verliebt.

Siegfried schlägt Schlachten für die Burgunder, er tut, was er kann, töten und töten und töten.

ORTLIEB Ich mag keine Minnegeschichten. Ich mag nicht, wenn Ritter quietschende Narren sind und ihre Lanzen, wenn sie reiten, wie Blütenstengel halten.

Während Kriemhild für ihn betet, ihn in ihre Arme zu betten.

ORTLIEB Dieser Gaul soll meine Mutter sein? Er ist doch ein Mann! Meine Mutter ist doch kein Mann!

RITTER Wie könnt Ihr es wagen, die Königin …! Ihr müsstet schon Hagen fürchten. Kommt er nicht zu Eurem Hofe, schrien es nicht die Boten? Habt Ihr nicht Angst, er hört, was Ihr gesagt, und schneidet Euch die Zunge aus dem Hals, bevor er Euch an diesen Lindenbaum bindet, die Bauchdecke Euch lüftet, Eure Därme an den Stamm nagelt und Euch um ihn jagt, die Wunden der Linde zu heilen.

NARR *ernst, aus der Rolle fallend* Haltet ein und lasst Euch gesagt sein, an unserem Hofe dürfen alle wir verspotten außer den Göttern. Und Götter verehren wir hier viele. Wie könnte sich die Königin von Mücken wie uns stechen lassen? Sie lässt uns, wenn sie mag, von einer Hand an die Wand klatschen. Der König liebt es, wenn wir lachen und uns lustig machen. In Euren Landen mag man finster schauen und sich, statt auf die Schenkel zu klopfen, die Köpfe abhauen. Ihr verwechselt Achten mit Schlachten. Ihr habt keinen Aristoteles gelesen.

Bevor Ihr mich wie einen üblen Strolch erdolcht, lasst mich unserem jungen Herrn, des Königs Sohn, die Geschichte zu Ende erzählen. *Lacht und ist wieder der Narr, kräht, als wären es Worte, Sätze.* Kräh, Kräh, Kräh.

Siegfried kehrt heim und schlägt sich weiter mit Küssen, schlägt sein Schwert zwischen die Schenkel Kriemhilds, die schreit, als läge sie getroffen, geteilt wie ein Tier in zwei Hälften.

BILD 2.4: KRIEMHILDS TRÄUME IV / BLUTENDE WUNDEN

Kriemhild, vor ihr aufgebahrt der tote Siegfried, dessen Wunden zu bluten anfangen, wenn Hagen sich nähert.

KRIEMHILD Wer sich unschuldig bekennt, soll es beweisen. Vor aller Augen soll er an die Bahre treten. Dann bringt das Wunder die Wahrheit schnell ans Licht, denn wo der Mörder vor dem Toten steht, bluten dessen Wunden.

HAGEN Hier stehe ich und bin frei von aller Schuld.

KRIEMHILD Mörder, seine Wunden bluten so stark, wie sie zuvor geblutet haben, als du ihm das Schwert in den Rücken stachst. Hagen, Schlächter, es liegt doch zutage: Ihr habt es getan, die Wunde ist offen. Sie ist offen wie ein Mund, und ihre Lippen sprechen mit Blut, wo kein Blut mehr wohnt in kalten Adern.

HAGEN Und Ihr seid die Narbe, sie für immer zu schließen. Ich bin unschuldig.

KRIEMHILD Habt Ihr je ein Kind, soll es durch Eure Hand sterben, und ich mag seinen Kopf in meinem Schoße tragen, wie Siegfrieds sterbend in ihm lag.

HAGEN Ihr habt das Kreuz auf seine Schulter genäht. Ich hab nur die Spitze meines Schwertes darin versenkt. Nur die Liebe zu Euch führte meine Hand.

KRIEMHILD Dann soll sie dir abfallen, und die Hunde sollen sie in ihren Schnauzen kauen. Ihr seid ein Tier.

HAGEN Ein Tier kennt Mitleid, ich kenn keins. Ich bin nur Euer Wille, ich mache, was Ihr wollt, was Ihr träumt, was Ihr denkt. Ich bin ein Teil von Euch, ich bin der Spiegel Eurer Seele. Hier, mein Schwert, ich stütz es auf den Boden, die Spitze trifft das Herz. Nur ein Wort, ein Gedanke von Euch, ein Wunsch, und ich stürz mich in den Tod.

KRIEMHILD Und, was steht Ihr noch da? Habt Ihr nicht gehört, was ich dachte?

HAGEN Ihr seid die Königin, ich nur der Krieger. Nie dürfen wir uns lieben. Nur im Töten lieben wir uns, nur in der Rache, und wenn wir uns vernichten wollen, wollen wir uns in Wahrheit lieben. Hier, der tote Siegfried ist unser Bett, auf dem wir uns lieben mit Bissen. Warum sonst sollten seine Wunden bluten? Was habt Ihr gedacht gerade? Dass all dies ein Traum ist und Ihr erwachen wollt. Ihr schlaft vor aller Augen, Ihr schlaft mit offenen Augen, Ihr träumt. Ihr werdet jetzt schreien, schreit vor Lust, und ich bin verschwunden, aber nie wird meine Liebe von Eurer Seite weichen, wie ein Schatten wird sie Euch folgen.

Kriemhild schreit.

BILD 2, *fortgesetzt*

NARR Auch wenn die Liebe in Siegfried würmte und stürmte und drang, zwang König Gunther den Helden für ihn, seinen Mann zu stehen und im fernen Eismeer die stolze Brünhild zu freien, den Frost von ihrem Herzen zu brennen mit der Fackel, Gockel der Liebe.

ORTLIEB Ist sie auch ein Mann?

NARR Ihr Herz war nur ein Muskel, hart wie Eisen, kalt wie die Klinge eines Schwertes und so rot wie Balmung, wenn es bluuuuuuuutet. Sie wollte ihr Herz, sluoc, nur dem geben, sluoc, der es wie einen Stein brechen konnte.

RITTER Was für ein Liebchen hat der König! Die Braut des bösen Teufels, in der Hölle soll sie sein.

Weit ist die Reise, sie reisen in die Kälte, nach Island, wo nichts ist als Eis. Mit Hilfe Siegfrieds und der Tarnkappe gewinnt Gunther Brünhild. Die Unbesiegbare besiegt er. Sehr groß war ihre Kraft. Um den Preis ihrer Liebe warf sie den Speer im Kampf mit starken Helden. Den Stein warf sie weit, weit sprang sie hinterher. Wer ihre Liebe wollte, der musste ohne Fehl die Fürstin in drei

Kämpfen überwinden. Verlor er in einem, hatte er den Kopf verwirkt.
Wäre ihm Siegfried nicht zu Hilfe gekommen, hätte sie dem König das Leben genommen.

ORTLIEB Ist er denn ein Held, wenn er lügt? Müssen denn Helden wie Odysseus lügen und reich an Listen sein? Muss ich Euch anlügen, um ein Held zu werden? Seid Ihr ein Held? Wenn ja, seid Ihr dann nicht auch ein Lügner und lügt mich an?

NARR Der größte Held ist die Wahrheit, und deshalb wird sie immerfort erschlagen, und geschlagen wie ich, hack, weil jeden Held, hack, die Welt nur tot ertragen kann.

RITTER Manche Lügen retten Leben.

NARR Aber manche Leben sind nichts als Lügen, nur die Wahrheit kann sie retten. Nur den Rettich keiner, einer frisst ihn.

RITTER Junger Herr, würdet Ihr mir das Leben mit einer Lüge retten wie ich zuvor das Eure?

ORTLIEB Wenn Ihr mich zu lügen lehrt. Ich bin so schlecht im Lügen.

RITTER Ihr müsstet nur glauben, was Ihr lügt.

NARR Und lügen, was Ihr glaubt, au, wau, wau.

RITTER Wir beide wollen uns nur die Wahrheit schwören, junger Herr.

NARR Hört jetzt die andere Geschichte, es kommt bunter, wie Gunther bei Brünhilde lag, der glänzende Held! Weit gefehlt! Er hatte oft vergnüglicher bei andern Frauen gelegen. Frauen mit solchen Männerklauen.

RITTER Das ist keine Geschichte für ein Kind. Kommt, wir gehen, ich zeige Euch mein Pferd.

ORTLIEB Nein, ich will es hören. Ich habe schon viel gehört aus Zimmern. Meine Eltern …

RITTER Schweigt!

ORTLIEB Ich weiß, was Minne ist, ich kenne die Lieder und das Schreien.

Gunther kann Brünhild im Bett nicht erobern, wie könnte er, das Hemd. Ihre Brust ist eine Rüstung, ihr Herz hinter Mauern. Sie fesselt ihn. Wieder muss Siegfried dem König beistehen. Mit Hilfe der Tarnkappe erobert, bespringt er Brünhild, ringt sie nieder, sitzt auf ihr und raubt ihr den Gürtel, mit dem sie Gunther fesselte. Diesen schenkt er Kriemhild, die Unschuld der einen der Unschuld der anderen.

ORTLIEB Ist das Minne, ist das Liebe, wenn man jeden Willen bricht? Brecht Ihr mich auch, wenn Ihr sagt, Ihr liebt mich?

RITTER Die Liebe zu einem Kinde ist …

ORTLIEB Muss Liebe schmerzen? Ist man erst glücklich, wenn alles, was in einem widerstrebt, gezähmt ist wie eine Katze. Darf die Liebe kein Löwe sein? Warum schreien sie, wenn sie Liebe machen?

BILD 2.5: KRIEMHILDS TRÄUME V / VERBUNDEN

Kriemhild mit geschlossenen Augen. Hinter ihr Hände, die aus dem Dunkel kommen und ihr Haar kämmen.

KRIEMHILD Nicht so fest. Du tust mir weh, Zofe! Willst du, dass ich blute? Was bist du nur so grob heute? Man könnte meinen, Brünhild kämmte mir das Haar. Erinnerst du dich an ihre Hände? Wie Zinken waren ihre Nägel. Und hart, als wären sie aus Eisen, und scharf wie Schwerter strichen sie. Ich fürchtete immer, sie könnte sie als Speere werfen. si schôz mit snellen degenen, umbe minne den schaft.
Die Hände halten ein Tuch. Für einen Augenblick ist es, als wollten sie Kriemhild erwürgen, doch dann verbinden sie ihre Augen.
Was machst du da?

BRÜNHILD Ich verbinde dir die Augen, wie es Gunther tat.

KRIEMHILD Brünhild.

BRÜNHILD Schrei nicht. Der Schrei drückt die Kehle zu, und du erstickst. Du träumst, und ich bin deine Luft.

KRIEMHILD Verschwinde.

Brünhild zieht sich zurück ins Schwarz, Kriemhild droht zu ersticken.

Komm!

BRÜNHILD Ich bekam keine Luft mehr. So schnell schlug mein Herz. Als stünde es still, so wie ich hinter dir stehe und dein Herz in meinen Händen halte. Gunther verband mir die Augen, er sagte, es sei ein Spiel. Gunther stank. Er stinkt wie ein Tier. Sein Schweiß ist Angst, und seine Angst klebt auf der Haut, wenn er dich berührt. Sein Atem ist ein Jammern. Er hat Angst vor Frauen. Nie hätte er mich zu seiner Frau gemacht. Zu sagen, sei mein Mann, wär er nie Manns genug. Du wärst mir ein besserer Mann gewesen als er, der seinen Schwanz wie einen Reif um den Hals trägt, an dem du ihn wie einen Ochsen ziehen kannst. Er verband mir die Augen, aber selbst war er blind vor Liebe zu Siegfried. Alle machte uns die Liebe blind zu ihm. Wie du sah ich nichts und sah doch alles. Ich sah nicht die Hände, die mich jetzt berührten.

Der Narr kommt und berührt Kriemhild. Streicht über ihren Hals, ihren Körper, während Brünhild sie hält. Etzel im Hintergrund beobachtet alles.

Aber ich kannte seinen Atem, die Innenflächen seiner Hand, jeden Muskel seines Körpers kannte ich, wie er sich straffte und entspannte. Meine Lippen sprachen alle Worte seines Körpers, meine Zunge strich über seine Narben, meine Brüste waren hart wie sein Griff, unsere Herzen kämpften wie zwei Fäuste miteinander und schlugen sich wild und schlugen sich nieder, und ich schlug die Augen auf unter der Binde wie ein scheues Mädchen und schrie für ihn und sang in Wahrheit Schreie. Gunther hechelte wie ein Hund und hatte nur ein Auge für Siegfried. Siegfried sollte mich brechen. Meinen Wil-

len brechen. Meine Kraft, meinen Körper. Er brach mein Herz. Es war ein Fels, so uneinnehmbar wie die Felsen vor meiner Küste. Aber unter seinen Blicken war es nur ein flacher Stein in seinen Händen. Er warf es weg, warf es weit über das Meer, es hüpfte noch, bevor es sank, und immer tiefer fiel in Gunthers Hose. Wie konnte ich ohne mein Herz noch kämpfen? Als es nicht mehr schlug, hörte ich auf zu schlagen. Schlaff hingen meine Arme herab wie tot. Wehrlos war ich, und nichts mehr konnte ich verwehren. Jetzt konnte mir Gunther die Unschuld rauben, von der er glaubte, Siegfried hätte sie ihm gelassen. Die Jungfernhaut, die über meine Lippen wuchs, nie mehr sie zu öffnen. Gunther berührte mich nicht. Er nahm mir das Band von den Augen.
Brünhild nimmt ihr die Binde von den Augen.
Wen siehst du?

KRIEMHILD Den Narren.

NARR Ich bin Siegfried, sluoc mich.

BRÜNHILD Siegfried war nicht zu sehen.

NARR Ihr seid alle vernarrt in Siegfried. Und der Narr bin ich, also Siegfried, denk ich, ist mein Name.

Der Narr spielt alles, was Brünhild sagt, nach.

BRÜNHILD Er dachte, unter seinem Tarnmantel könnte ich ihn nicht sehen. Als Siegfried hatte er mich geliebt, als Gunther hat er mich vergewaltigt und missbraucht. Da stand Gunther wie der Narr und warf Küsse in die Luft und wälzte sich am Boden und war nackt und schrie vor Lust und verlor mich aber nicht aus seinen Augen, denn er wollte sehen, dass ich sehe, wie er sich meinen Gurt umband, meinen Jungferngürtel, bevor er Siegfrieds Frau wurde und die Trophäe seinem Geliebten schenkte. Und meine Würde ward geschändet von allen Seiten.

KRIEMHILD Du bist nur ein Gespenst, ein Dämon. Ich träume. Weiche, Satan!

BRÜNHILD Dachte er, Siegfried, er hätte mich unter einem Mantel geliebt, geschlagen, geprügelt, an die Wand geschleudert. War es Stoff, was ich spürte. Nein. Es war Luft. Siegfried war Luft, heiße Luft, er war nichts als Luft für mich, die Luft, die über meine Schenkel strich, die Luft, die ich einsaugte mit Küssen, er war Luft für mich, und ohne Luft erstick ich. Und warum solltest du frei atmen, während ich erstickte. Wir sind unter Wasser, Kriemhild. Wir sind tief in dem Brunnen, über dem Siegfried hang. Ich geb dir seinen letzten Atem.
Sie küsst Kriemhild und zieht sie küssend ins Dunkel.

ETZEL Was siehst du mich an, als hätte dich der Tod geküsst? Ich wollte dich nur wachküssen.

KRIEMHILD Wo ist der Narr?

ETZEL Was willst du denn den Narren sehen?

KRIEMHILD Mir ist das Lachen vergangen.

BILD 2, *fortgesetzt*

RITTER Sie schreien bei der Liebe nicht aus Schmerz. So wie du weinen kannst aus Freude.

ORTLIEB Die Schreie nachts sind wie Schwerter, die in Körper tauchen. Ich habe Angst vor der Liebe. Liebe heißt, alle fassen mich an. Liebe ist wie tausend Wünsche mit tausend Händen. Und keiner fragt, ob ich geliebt werden will, wie sie mich lieben wollen. Die arme Brünhild, wie wurde sie für die Liebe zuschanden geritten wie ein wildes Pferd, das man zum Gaul machen will. Ich dachte immer, sie sei böse, sie sei wie Hagen mit Brüsten, aber jetzt habe ich Mitleid mit ihr. Werde ich auch Mitleid mit Hagen haben?

RITTER Warum mit Hagen?

ORTLIEB Jeden Morgen, wenn meine Mutter erwacht …

RITTER Was ist mit Eurer Mutter und Hagen?

NARR Brünhild dachte, Siegfried sei des Königs Untertan und nicht selbst ein König.

Da stehen sie, die beiden betrogenen Frauen, vor aller Augen und aller Blicken Hohn auf den Treppen vor dem Dom. Brünhild besteht darauf, als Erste die Kirche zu betreten. Kriemhild lacht sie aus, zeigt ihr den Gürtel, ihr zu beweisen, dass ihr Mann der mächtigere sei zwischen ihren Beinen und im Leben. Brünhild ist außer sich vor Wut.

NARR Das war der Anfang einer großen Feindschaft. Niemals hatte Brünhild einen schwärzeren Tag erlebt. Wenn Frauen Kriege führen, verlieren die Männer jede Schlacht, wer zuletzt lacht, schau mir in die Augen.

BILD 2.6: KRIEMHILDS TRÄUME VI / FEUER UND EIS

KRIEMHILD Brünhild, wie kommst du, hier …

BRÜNHILD Schrei nicht, du träumst. Ich ersticke deinen Schrei mit meiner Hand.

KRIEMHILD Mir ist kalt, mich friert.

BRÜNHILD Ich komm aus einem kalten Land, ich atme Kälte, mein Herz strömt Kälte, berühre mich.

KRIEMHILD Du bist kalt wie Eis.

BRÜNHILD Das Eis ist nicht kalt. Das Eis ist ein Feuer, der Frost ist ein Brand. Ich habe immer gebrannt, meine Liebe hat mich verbrannt, ich hielt mein Herz über sie wie über ein Feuer. Halte deine Hand über die Kerze. Wie lange hält deine Liebe?

KRIEMHILD Warum bist du hier? Verschwinde! Mörderin!

BRÜNHILD Du hast mich gerufen, in deinen Träumen riefst du mich.

KRIEMHILD Mein Hass rief dich. Du und Hagen, Ihr seid eins für mich. Du bist sein Rücken, und er ist dein Gesicht.

BRÜNHILD Wer ist Hagen, Hagen ist nichts. Hagen ist ein Hund. Du und ich, wir haben Siegfried getötet.

KRIEMHILD Ich soll den getötet haben, den ich liebte mehr als mein Leben?

BRÜNHILD Dann bist du tot wie ich. Der Vulkan in meiner Brust erlosch. Die Asche fällt wie Tränen aus meinen Augen und füllt seinen Krater. Als er an der Quelle starb, stürzte ich mich hinab hinter meinem unbewegten Gesicht. Ich dachte, im Tod wären wir einander nah, nur im Tod wären wir vereint im ewigen Eis, das über die Länder des Lebens zieht.

KRIEMHILD Du bist Gunthers Frau. Du hast mir meinen Mann genommen.

BRÜNHILD Warum verstehst du nicht. Magst du nicht zumindest im Träumen verstehen? Ich liebte Siegfried, seit ich ihn das erste Mal sah, sein blondes Haar, sein Blick wie der eines spielenden Kindes, die Augen eines Mädchens im Körper eines Titanen. Als er wiederkam mit Gunther, dem Schwächling, log er mich an und verleugnete mich. Hätte nicht ein Blick genügt, damit ich verstehe? Hätte ich nicht alles für ihn getan? War nicht meine Liebe so groß, dass ich ihn eine andere lieben ließ, dich? Unsere Liebe, dachte ich, wäre nicht von dieser Welt, zu groß wäre sie für diese Welt, zu gewaltig, ein Beben zu stark für die Erde. Nur unter dem Eis könnten wir zusammengehören oder als Sterne am Himmel. Ich gab ihn frei, so liebte ich ihn. Und er tat, als könnte er mich täuschen. Siegfried kannte keine Liebe. Siegfried liebte nie. Sein Herz war ein Spiegel, in dem wir uns erblickten, und wir dachten, es wären seine Blicke, die uns liebten, aber wir liebten nur uns selbst. Als er starb, zerbrach der Spiegel, und jetzt noch täuschen seine Scherben uns. Dachtest du, ich wusste nicht, dass er Gunther trug, dass er seinen Stein warf? Denkst du, ich wusste nicht, dass Siegfried kommen würde, mich zu brechen, wenn ich Gunther an die Wand klatschte und ihn an den Nagel hing? Denkst du, ich dachte, dieser Gunther hätte mich zu

Hause besiegt? Ich wollte Siegfried zurück in meinem Bett haben, und ich bekam ihn dorthin, wo ich ihn mir wünschte, und wir wälzten uns und schlugen uns, und ich war stärker als er, und so schob ich ihn in mich und nahm ihn mir. Du wolltest, dass er starb. Ich wollte, dass er starb. Nur, wenn er tot war, konnten wir glauben, er hätte uns geliebt, nur tot, bekamen wir von ihm die Liebe zurück, die er uns als Liebender nie geben konnte. Aber er gab mir dieses Kind aus jener Nacht. Ich habe es aufbewahrt.

KRIEMHILD Aber es ist aus Eis.

BRÜNHILD Halte es über die Flamme.

Kriemhild schreit.

BILD 2, *fortgesetzt*

ORTLIEB Warum können Frauen so böse sein?

NARR Weil Männer sie böse machen, böser, böser Mann. Weil sie kein Schwert haben außer ihrer Zunge, kein Schild außer ihrem Herzen, mit dem sie schlagen müssen. *Er zeigt ihm seine Zunge.*

RITTER Wie böse ist Eure Mutter dem Hagen? Will sie ihn nicht mit offenen Armen empfangen wie die anderen? Sie hat ihm doch verziehen?

NARR Ei, ei, ei, verzeihen. Auch in jedem Schwein ist ei und ein Wein, aber kein Verzeihen. Dem Schwein? Woher wollt Ihr das wissen?

RITTER Wär er sonst nicht mit den anderen geladen?

NARR Woher wisst Ihr, dass er geladen war? Er ist doch immer geladen. So geladen wie eine Kröte aufgeblasen, wenn man sie aufbläst.

RITTER Sagten nicht die Boten, die Burgunder kommen, und riefen sie nicht auch Hagen, seinen Namen?

ORTLIEB Jeden Morgen weint sie. Jeden Morgen erwach ich von ihren Tränen. Jeden Morgen sind ihre Tränen der Regen vor meinem Fenster. Mutter, weine nicht, bitte ich sie, ich bin doch dein Sonnenschein, und der Himmel leuchtet wie mein Lachen. Aber ihre Tränen sind wie Kieselsteine, die aus ihren Augen fallen auf ihr Herz. Ganz begraben ist es von ihren Tränen. Ich kann es kaum hören, wenn ich meinen Kopf auf es lege. Mutter, lebst du noch? Sie weint nur, immerfort. Und im Winter sind ihre Tränen Eiszapfen, und ich schleck sie mit der Zunge von der Hand, wenn ich sie aus ihren Augen breche. Sie wird erst aufhören zu weinen, wenn Hagen tot ist, sagt sie. Deshalb bete ich jeden Abend, er möge sterben. Und wenn ich morgens ihre Tränen höre, weiß ich, er lebt noch immer. Hagen hat mir meine Mutter geraubt. Und ich muss sie von dem Drachen befreien! Wenn Hagen kommt, werde ich ihn erdolchen. Hier schau, diesen Dolch habe ich mir von Vater gestohlen. Und wenn ich ihn so niedergestochen habe, wie er den Siegfried, wie er meiner Mutter Glück und meine Freude niedergestochen hat, dann musst du mich retten vor den Recken der Burgunder!

RITTER Ihr wollt Hagen töten?

ORTLIEB So wie Hagen Siegfried tötete, von hinten, wenn er mich nicht sieht, wenn er beim Gastmahl sitzt und seinen Wein trinkt wie Siegfried aus der Quelle trank, gebückt und ahnungslos.

RITTER Woher wollt Ihr wissen, dass es allein Hagens Schuld war? War nicht Hagen nur die Hand? War Hagen nicht nur ein Schwert, das ein anderer unter seinem Tarnmantel führte?

ORTLIEB Wer denn?

RITTER Eure Mutter.

ORTLIEB Wie kannst Du es wagen! Sie liebte ihn!

RITTER Sie wäre nicht die Erste, die aus Liebe tötet. Wollt Ihr nicht auch den Hagen aus Liebe zu Eurer Mutter töten? Aber bleibt Ihr dann nicht im Gedenken aller ein Mörder und kein Held? Wie Hagen für alle der Mörder ist statt der Held, der er in seinen Augen ist, die niemand spiegeln, weil ihn niemand sieht, wie er sich selbst sieht, weil sie alle blind sind und nicht sehen, was geschieht, was geschehen musste, was geschehen wird.

NARR Was singt Ihr immer das hohe Lied des Hagen? Seid Ihr nicht doch der Burgunder einer?

RITTER Ich würde jeden Burgunder töten, täte er dem jungen Herrn Leid an. Mein junger Herr, lasst mich für Euch den Hagen erschlagen.

ORTLIEB Willst du das für mich tun?

RITTER Ich werde es mit dem Leben bezahlen, aber das Leben ist der Minne Lohn. Lasst uns gehen, bevor die Burgunder kommen und uns beisammen sehen!

ORTLIEB Nein, ich möchte erst noch hören, wie der starke Siegfried starb. Schau gut zu, damit du weißt, wie du es machen musst, willst du gegen einen Stärkeren gewinnen.

RITTER Hagen stärker als ich? Ihr scherzt!

ORTLIEB Mutter beschrieb ihn mir als großen, schönen Mann. Sonst hätte sie ihm nicht vertraut, als sie um Siegfrieds Leben fürchtete und ihm verriet, wo er verwundbar ist.

RITTER Warum denkt Ihr, verriet sie es Hagen? Ausgerechnet Hagen? Was wollte sie ihm damit sagen?

ORTLIEB Du hast recht, Hagen denkt. Er wird dich sehen und verstehen. Er denkt immer einen Schritt weiter. Ganz wie Mutter. Deshalb muss ich ihn töten. Ihm die Angst zu nehmen ist, als entwende man ihm das Schwert. Vor mir hat niemand Angst, außer mir selbst.

Kriemhild in Sorge um Siegfried, in Angst, die Arglose verrät Hagen die durch das Lindenblatt verwundbare Stelle. Dort mit dem Kreuz zeigt sie ihm Siegfrieds Nadelöhr in den Tod. Sie gehen auf Jagd. Doch nicht das Wild erlegen sie. Und der sich Jäger glaubt, ist der Gejagte.

Der Darsteller des Hagen hat sich beim Laufen verletzt, er beugt sich vor Schmerz.

NARR *zum Ritter* Rittata, hackhack, bitte tut mir den Gefallen, wollt nicht Ihr fürs Ende Hagen sein? Schlagt mich nur, aber mir bitte nicht die Bitte ab.

ORTLIEB Für mich, bitte!

Der Ritter übernimmt die Rolle.

Sie kommen zu einer Quelle. Siegfried besteht darauf, dass Gunther als Erster trinkt. Und jetzt geschieht es, Hagen, der teuflische Hund, der feige …
Der Ritter in der Rolle des Hagen ersticht den Tänzer des Siegfried mit seinem echten Schwert.
… ersticht den Siegfried, das Gesicht über der Quelle, sieht er den Mörder über sich gebeugt, tödlich getroffen.

Der Ritter wischt sich und das Schwert vom Blut des Tänzers ab.

NARR Ihr habt ihn umgebracht.

ORTLIEB Er blutet.

NARR Nie mehr begeht ein Held so eine schwere Untat. *Ab.*

RITTER *noch das Schwert in der Hand, die Schauspieler scharf anblickend, wirft ihnen einen Beutel Gold zu* Es war ein meisterhaftes Spiel, es sei Euch gedankt und Eure Kosten entlohnt. Sonst komm ich gerne zurück.

BILD 2.7: KRIEMHILDS TRÄUME VII. ICH, SIEGFRIED, DER NARR

KRIEMHILD Du bist mir im Traum erschienen.

NARR Das wäre mir nicht mal im Traum eingefallen.

KRIEMHILD Meine Zofe sagt, du könntest dich verwandeln.

NARR Wie würdet Ihr mich denn gerne sehen?

KRIEMHILD Einen Kopf kürzer.

NARR Traumhaft. Dann würd ich endlich wie Ihr alle kopflos sein.

KRIEMHILD Sei Siegfried.

NARR Und Ihr seid ein Drache.

KRIEMHILD Würdest du mich gerne abstechen?

NARR Bei Euch habe ich keinen Stich und hätte ich einen, wollt ich es nur träumen. Ihr speit Feuer, und ich habe Bretter vor dem Kopf.

KRIEMHILD Halte mich nicht länger zum Narren. Kannst du Geister beschwören?

NARR Euch haben alle guten Geister verlassen. Das beschwöre ich.

KRIEMHILD Ich will mit Siegfried sprechen. Ich weiß, Ihr könnt mit Toten sprechen.

NARR Aber wer spricht mit mir, wenn ich tot bin?

KRIEMHILD Du bist mein Siegfried.

NARR Ihr seid nicht nur auf dem einen Auge blind vor Liebe, sondern auch auf dem anderen Auge blind vor Trauer.

KRIEMHILD Du vergaßt, ich bin auch blind vor Wut.

NARR Aber nur ich habe mehr als zwei Augen. Seht meine Hühneraugen. Hat ein Held solch einen schiefen Blick in den Füßen? Die Augen laufen mir über. Ich würde ja gerne eines auf Euch werfen.

KRIEMHILD Siegfried, liebst du mich?

NARR Ich liebe Euch als meine Königin.

KRIEMHILD Dann komm in meine Arme, Geliebter.

NARR Ihr schlafwandelt, Eure Vernunft träumt Helden und meine Ungeheuer.

KRIEMHILD Zieh dich aus. Ich will dein Schulterblatt sehen. Dort, wo ich das Kreuz hin nähte. Und Hagen tat den letzten Stich.

NARR Hier seht, meine Schulter ist ganz unbestechlich.

KRIEMHILD *sticht zu* Du blutest aus Siegfrieds Wunden, du bist Siegfried. Leg dich in meine Arme. Dein Blut sei dein Samen.

NARR Ich verblute. Schließt meine Wunde. Ich komme nicht hin, ich kann nicht die Stelle greifen.

KRIEMHILD Ich drücke meine Lippen auf deine Wunde, sie zu schließen.

NARR Du bringst mich um.

KRIEMHILD Nein, Etzel wird es tun, wenn er dich in meinen Armen findet und dein Blut überall über mir, die Spuren deiner Liebe.

NARR Du Närrin, welch mörderischer Irrtum, Kriemhild. Ich bin Siegfried, nie war ich tot. Zerfurcht war das Gesicht dessen, den sie aus der Quelle zogen, der mir glich, weil er dort warten sollte. Weil ich wusste, Hagen will mich töten, und es reicht ihm, meinen Rücken zu sehen, wenn er sich bückt und er sich beugt mit dem Schwert hinterher. Ich bin Siegfried. Du hast mich getötet.

Kriemhild schreit.

BILD 2, *fortgesetzt*

RITTER *zu Ortlieb* Es ist nur Schweineblut, sorgt Euch nicht, es ist Theater, nichts ist echt. Mein junger Herr, lasst uns gehen!
Er nimmt Ortlieb bei der Hand.

NARR Wo bringt Ihr ihn hin?

RITTER Ich bringe ihn zu seiner Mutter.

Die Tänzer nehmen ihren toten Siegfried auf die Schulter, einer von ihnen singt ein trauriges Lied.

TEIL II

BILD 3: NIXEN II

ERSTE WASSERFRAU Wo ward Ihr, Hagen?

ZWEITE WASSERFRAU Habt Ihr ein Kind erschlagen?

DRITTE WASSERFRAU Den Bauch vollgeschlagen mit Saumagen?

ZWEITE WASSERFRAU Was wollen wir länger über den Tod der Nibelungen klagen …

ERSTE WASSERFRAU … von ihrer Not bleibt nichts als ein Hören …

ZWEITE WASSERFRAU … und Sagen. Der Wind, der Wind …

DRITTE WASSERFRAU Was müsst Ihr armer, armer Hagen Euch bis zum bittren Ende plagen und dürft nicht vor der Zeit verzagen?

ZWEITE WASSERFRAU Der Wind, der Wind.

DRITTE WASSERFRAU Müsst allein die Schuld für alles Elend tragen?

ERSTE WASSERFRAU Für Euren schwachen König, Euer starkes Leben? Will nie der Zweifel an dir nagen? Kehret um, Hagen, Ihr müsst kein Kind erschlagen, kehret um, Hagen, Euer Herz ist ein Segel, Hagen, und wir sind der Wind.

ZWEITE WASSERFRAU Der Wind, kehrt um!

ERSTE WASSERFRAU Der Wind, kehrt um, der Wind, der Wind, kehrt um, geschwind, wer ist es, der da läuft, Euer Schwert ist nicht das Blut wert, das es säuft, die Klinge nicht die Kehle, die sie trennt vom Kopf.

ZWEITE WASSERFRAU Da bleibt von Euch nur ein Loch und dem Schicksal ein Schopf, kehrt um, noch ist Zeit, Hagen, Hagen!

ERSTE WASSERFRAU Wer Tod auf Tod häuft, der gewinnt am Ende kein Leben.

DRITTE WASSERFRAU Das Gras wird über all die Leichen wachsen, Hagen, und auch über Euch laufen Grasnarben.

ERSTE WASSERFRAU Der Mohn blüht in den Wunden, Hagen. Hier unter den Hügeln und den Kathedralen liegen sie alle erschlagen.

DRITTE WASSERFRAU Die müde Erde muss sie in sich tragen und schlägt aus mit ihren wilden Trieben.

ZWEITE WASSERFRAU Hier! Das Gänseblümchen dort, das war Hagen!

ERSTE WASSERFRAU Er erschlägt mich.

ZWEITE WASSERFRAU Er erschlägt mich nicht.

ERSTE WASSERFRAU Er erschlägt mich.

DRITTE WASSERFRAU Die Liebe kennt er nicht.

ZWEITE WASSERFRAU Die Liebe kennt ihn nicht.

ERSTE WASSERFRAU Hagen tut nur, was er muss. Aber muss er es tun? Kehrt um, Hagen! Als wir Euch sahen, saht Ihr uns nackt. Und nackt war die Wahrheit, die wir mit Euch teilten. Ihr glaubtet uns kein Wort, als wir Euch am Anfang sagten, keiner kehrt zurück von Eurer Reise nach Worms außer dem Pfaffen, den Ihr den Fischen geben wolltet. Ihr warft über Bord ihn in die reißenden Fluten. Einen Menschen in den sicher geglaubten Tod, um ein Wort zu töten. Aber er ersoff nicht. Deshalb habt Ihr alle Brücken und die Erde hinter Euch verbrannt, habt die Fähre ans rettende Ufer wie einen Menschen erschlagen, der das Geheimnis der Rückkehr in seinem Herzen trägt. Kehrt um, Hagen. Es ist nicht zu spät. Das Schiff wartet auf Euch, die Brücken strecken sich über den Fluss, der Fährmann ist wieder aufgestanden, wir sind nackt und baden, Hagen, kommt, legt Eure Kleider ab und kommt zu uns! Kehrt um. Das Schicksal ist kein König, dem Ihr treu sein müsst, kein Lehen, an das Euch Gott band. Seid Ihr zu feige, glücklich zu sein? Ihr habt es in der Hand. Kehrt um. Es ist feiger, jeden zu erschlagen, als den Rückzug ins Leben zu wagen. Seht, das ist Hagen. Um ein Haar hätte er ein Kind erschlagen. Nur ein Haar trennt uns alle davon.

RITTER Unheilsschwestern, was zieht ihr Hand in Hand übers Wasser und Land!

ORTLIEB Mit wem sprichst du da? Hier ist doch niemand außer uns.

ERSTE WASSERFRAU Gebt uns das Kind! Wir wollen es davontragen.

ORTLIEB Woher kommt dieser Wind? Sieh nur, wie er an mir zerrt, und du stehst da, als würde er dich meiden.

ZWEITE WASSERFRAU Das Kind. Gebt uns das Kind.

ERSTE WASSERFRAU Das Kind, das Kind!

RITTER Rennt, junger Herr, rennt, so schnell Ihr könnt!

ORTLIEB *von einer Wasserfrau gehalten* Ich komm nicht von der Stelle.

RITTER *schlägt mit dem Schwert nach ihr* Jetzt seid Ihr frei, lauft, bevor der Wind Euch einfängt. Ich folge Euch.
Ortlieb läuft davon.

ZWEITE WASSERFRAU Endlich zeigt Ihr Euer wahres Gesicht, Hagen.

ERSTE WASSERFRAU Wir dienten dem verkehrten Sohn, der trotzig und voll Übermut, sein Werk nur, nicht das unsre tut.

ZWEITE WASSERFRAU Nur eins wisset, Hagen: Nie wird ein Mann Euch erschlagen!

Die drei verschwinden.
Der Ritter wendet seine Rüstung und ist Hagen.

HAGEN Wie gern hör ich das! Mag Kriemhild auch meinen Namen durchkreuzen, ich werde unverwundbar sein, kein Lindenblatt wird mein Leben fällen. Dank euch, ihr Nixen, das war Wasser auf meine Mühlen. Da kommen sie ja endlich, meine Herren.

BILD 4: ANKUNFT

HAGEN Ihr hier?

BRÜNHILD Ihr erkennt mich?

HAGEN Was, wenn Kriemhild Euch erkennt?

BRÜNHILD Ich habe eine Überraschung für sie und ein schönes, neues Pfand unserer Verbindung.

HAGEN Gleich wird sie kommen!

BRÜNHILD Ich bin hier, um zu kämpfen und nicht als Königin. Der Tod ist eine Tür, die nicht zu klein für uns beide ist.

HAGEN Wollt Ihr Kriemhild töten? Wenn es sein muss, werd ich es tun.

BRÜNHILD Sie werden Euch abschlachten wollen wie eingepferchte Säue. Nur ich kann Tausende töten, wie es sonst nur Siegfried konnte.

HAGEN Wie wollt Ihr das denn anstellen? Überhaupt, was habt Ihr für eine seltsame Rüstung? Wozu die steifen Stäbe? Ihr werdet Euch nicht bewegen können und könnt nur wild um

Euch schlagen. Ich sah Eure Kraft, bevor Gunther in der Nacht Euch zu unserer Königin machte und die Kämpferin zurückließ wie das Blut auf dem Laken.

BRÜNHILD Die Stäbe sind Siphone, darin ist flüssiges Feuer. Und das hier sind Granaten, so nannten es die Araber. Zwei Gurte sind es, um mein Herz und meine Brust geschnallt. Ja, Siegfried brach meine Kraft, den Zauber meiner Stärke durch seinen Betrug. Aber wenn ich hier an dieser Schnur ziehe, nehme ich zehn Minuten später Hunderte mit dem Feuer in den Tod mit meinen Flammenwerfern.

HAGEN Welch Hexerei soll das sein. Ihr würdet selbst verbrennen.

BRÜNHILD Ich brenne jeden Tag. Und nie sollt Ihr eine Schlacht verlieren, solang ich Eure Herrin bin, solang bin ich des Todes Herr.

HAGEN Und was, wenn es von alleine losgeht, weil es sich erhitzt? Ich habe von solchen Blüten gehört, allein keiner beherrscht sie. Ihr könnt uns alle mit in den Tod reißen. Ein Schlag, der Euch trifft, eine Fackel in Eurer Nähe. Es ist zu gefährlich.

BRÜNHILD Ihr müsst mir vertrauen, wie ich Euch vertraut habe.

HAGEN Nehmt diesen Ruß und reibt Euch das Gesicht ein. Beherrscht Euch wie ein Mann. Zügelt Euren Zorn.

BRÜNHILD Ich werde Euch nicht enttäuschen.

BILD 5: RAUSCH

Der Boden ist gepflastert mit Leichen, ein Teppich aus leblosen Körpern und geschliffenen Totenschädeln, auf dem sich alle bewegen, als wäre es selbstverständlich. Dennoch müssen sie um ihr Gleichgewicht ringen, ist jeder Schritt ein Kampf, die Würde zu bewahren. Es ist eine lange Tafel, an deren einem Ende die Burgunder und deren anderem Etzel und die Hunnen sitzen, in der Mitte wie eine Mauer zwischen ihnen Ortlieb und Dietrich. Für jeden Gast steht ein Mundschenk bereit. Kriemhild und Etzel reden leise im Vertrauen.

HAGEN Ich möchte wissen, was die Hunnen hier drinnen zu tuscheln haben.

ETZEL Ich sehe Euch in Waffen. Fürchtet Ihr so die Speisen?

HAGEN Es ist so Brauch bei den Burgundern, bei einem Fest drei Tage in Waffen zu stehen.

ETZEL Und Schwert und Schild unter den Seidenhemden zu tragen? Nie, Kriemhild, erzähltest du mir davon.

KRIEMHILD Dachtet Ihr, sie kommen mit Rosen in der Hand in Euer Land? Sie hätten Angst, was ihnen da blüht. Sie müssten um ihr Leben fürchten, gingen sie zu solchem Fest mit nichts bewaffnet als mit Dornen.

ORTLIEB *zu Brünhild* Deine Brust ist so groß und deine Rüstung seltsam. Was sollen diese Stäbe? Darf ich sie berühren?

HAGEN Lasst Eure Finger von dem Ritter!

Kriemhild wie kurz vor dem Sprung, hält im letzten Moment inne.

ETZEL Eure Sitten, so seltsam sie sind, will ich ehren. Und Euch zeigen, wie willkommen Ihr als Freunde seid, denn wir alle legen unsere Waffen nieder.

Auf sein Zeichen hin legen alle Hunnen und Dietrich und Rüdiger die Waffen ab.

KRIEMHILD Sicher fürchtet Ihr …

VOLKER Wir kennen keine Furcht.

KRIEMHILD … ich sinne hier auf Rache, dass nur mein Zorn Euch kommen ließ, dass in meinem Herz und Kopf nichts anderes war, als Eure Köpfe abgeschlagen unter meinen Füßen zu wissen.

VOLKER Da, Hagen zittert vor Angst. *Zu Brünhild* Und wie er erst schlottert. Dauernd die Hand an der Rüstung.

KRIEMHILD Wer ist der edle Held an Eurer Seite, der im Saal die Tür mir öffnete?

VOLKER Er hat sich auf die Zunge gebissen.

HAGEN Ein Ritter ist es, der bei seinem Leben und seiner Ehre schwor zu schweigen.

ETZEL Warum schweigt Ihr denn, edler Ritter, und verbergt Euer Gesicht hinter Schwärze? Bei den Persern sah ich solche Rüstungen.

HAGEN Seine Frau wurde geschändet und verhöhnt. Erst die Rache und das Schwert werden seine Zunge lösen. Er kam aus einem fernen Land. Er ist unser Gast.

GUNTHER Auch der Zorn braucht eine Rast.

VOLKER Bevor er weiterrast. Warum reden wir, statt zu trinken?

KRIEMHILD Du sprichst von Rache, Hagen. Und wie Euer Gast, den ich von Herzen verstehe, ihr glaubt nicht wie, so sann auch ich auf nichts als meine Rache. Wie die blutige Medea …

ORTLIEB Wer ist Medea?

DIETRICH Eure Mutter …

KRIEMHILD … wie Medea dachtet Ihr, wüte, dürste ich nach Vergeltung für den Mord an Siegfried …

HAGEN Ist Siegfried etwa tot?

DIETRICH Zügelt Euch!

KRIEMHILD … und wenn ich auch meinem Blut, den Brüdern, verziehe, so könnte ich doch dir, Hagen, nie verzeihen außer mit dem Schwert.

HAGEN Ach so, ich trage ja Siegfrieds Schwert.

KRIEMHILD Aber ich verzeihe dir, Hagen, und euch, Brüder, habe ich verziehen.

GUNTHER Es ehrt Euch, Schwester.

GISELHER Ich war ein Kind wie Ihr, Ortlieb, als Siegfried starb.

ORTLIEB Und warum hast du ihn nicht gerächt, Giselher, als du groß warst? Wenn du meine Mutter liebst, wie du sagst?

VOLKER Sie ist ein Drache.

ORTLIEB Aber Siegfried war ein Drachentöter. Kannst du keine Drachen töten?

GUNTHER Manche Drachen sehen aus wie Frauen. *Zu Brünhild* Nicht wahr, fremder Ritter?

GERNOT Wie kann man sie da töten?

ORTLIEB Ist Brünhild ein Drache?

GUNTHER Der Drache ist Euer Spiegelbild.

GERNOT Wer kämpft schon gerne gegen Spiegel.

ORTLIEB Ist Brünhild ein Spiegelbild? Würd der fremde Ritter hier Brünhild sehen, wenn er in den Spiegel schaut? Wenn jeder Kampf ein Spiegel ist: Hat denn Siegfried dann gegen sich selbst gesiegt?

GUNTHER Nein, diesen Kampf können wir nur verlieren.

GISELHER Nein, wir tragen alle über dem Herzen die Haut des Drachen.

GERNOT Ein Burgunder kämpft nicht gegen sich selbst, er kämpft nicht einmal gegen den Tod, er kämpft nur gegen Feinde.

ORTLIEB Hat jetzt Siegfried den Drachen erschlagen? *Zu Brünhild* Ist deine Rüstung in Drachenblut getränkt.

HAGEN *beiseite* In Siegfrieds Blut.

ORTLIEB Und wie groß war er, der Drache? War er größer als ihr, wenn ihr einander alle auf die Schultern steigt?

VOLKER Er hat Feuer gespuckt.

GISELHER Warte, ich zeige Euch, wie. *Er spuckt Feuer.*

GERNOT Und er schluckte die Schwerter der Ritter. *Schluckt ein Schwert.*

VOLKER Und er konnte fliegen! *Volker versucht zu fliegen.*

ORTLIEB Den Drachen hätt auch ich erschlagen. Aber Siegfried war doch ein Held, wie alle sagen!

HAGEN Siegfried war …

DIETRICH Wir wollen unser Glas auf Siegfried heben! Wir alle hier versöhnt! Und lebend!

KRIEMHILD Siegfried wird nicht von den Toten auferstehen, wenn wir euch als Tote neben ihn legen. Die Rache rächt sich am Rächer.

VOLKER Dann ist die Rache ein Burgunder, nicht wahr? *Schlägt Brünhild auf den Rücken.*

DIETRICH Ihr trinkt zu viel. Trüge der Rhein statt Wasser Wein, er wäre trocken und ihr voll.

GUNTHER Wäre er trocken, könnten alle den Schatz sehen. Aber ich weiß, wie wir ihn wieder füllen. Sieht fast aus wie Gold.

ETZEL Setzt eure Gläser ab. Hört meine Frau, die Königin.

KRIEMHILD Vor euch steht heute Etzels Weib und heißt euch willkommen. Vergesst die Kriemhild, die ihr kennt. Wir wollen sie gemeinsam zu Grabe tragen und ihrer spotten, wie verblendet sie war zu vergessen, dass, was Blut bindet, unzertrennbar ist. Und damit ihr seht, wie ehrlich ich es meine, brachte ich unseren Sohn zu diesem Mahl, meinen kleinen Helden.

ETZEL Er ist mein und eurer Schwester einziger Sohn. Das kann euch allen noch von Nutzen sein. Schlägt er nach der Art …

VOLKER Nach unserer Art.

ETZEL … wird er ein kühner Mann, mächtig und hochgeboren, stark und schön.

VOLKER Er kann nur die Burgunderart meinen.

ETZEL Wenn ich noch eine Zeitlang lebe, gebe ich ihm zwölf Länder. Dann kann der hochgeborene Ortlieb euch zu Diensten sein.

ORTLIEB Warum soll ich immer zu Diensten sein? Warum darf ich nicht sein, wie ich will?

DIETRICH Wir sind alle zu Diensten.

ETZEL Darum ist es mir eine Freude, euch zu bitten, meine lieben Freunde, wenn ihr zurück nach Hause reitet an den Rhein …

VOLKER Wir werden schwimmen müssen, denn Hagen hat die Fähre verbrannt.

ETZEL … nehmt den Sohn eurer Schwester mit euch und erweist ihm eure Gunst und erzieht ihn zu seinem Stand, bis er das Schwert empfängt!

VOLKER Bester König, wir wollen deinen Sohn lehren, wie er das Schwert führen muss, keiner nimmt es mit so vielen Feinden auf wie wir. Ihr werdet stolz auf ihn sein. Er wird ein würdiger König sein.

HAGEN *zu Volker* Wenn er nur erwachsen würde. Er sieht aus, als müsste er bald sterben.

KRIEMHILD Hagen, was sagtest du?

HAGEN Wenn er erwachsen wird, wird er hier alles erben.

DIETRICH Wir wünschen ihm ein langes Leben!

GISELHER Länger soll er leben als ich, und ich werde tausend Jahre alt!

KRIEMHILD So wollen wir uns alle versöhnen, auch du und ich, Hagen, und wollen unsere Freundschaft von neuem beginnen. Darauf lasst uns trinken!

GUNTHER Statt Blut soll für immer der rote Wein fließen, wir wollen unsere Zungen in ihm baden!

HAGEN *zu Ortlieb* Wen malst du da auf den Tisch, mein Junge? Wer ist das?

ORTLIEB Der schwarze Ritter ist das.

HAGEN Vor dem hätte selbst ich Angst.

ORTLIEB Musst du auch. Er beschützt mich.

VOLKER Wo ist er denn?

ORTLIEB Er hat immer ein Auge auf mich. Draußen ist es dunkel. Du kannst ihn nicht sehen. Er hat seinen Pfeil auf jeden gerichtet, der mir zu nahe kommt.

ETZEL Aber warum muss er dich denn beschützen, mein Sohn?

ORTLIEB Weil wenn ihr alle tot seid, ich König bin. König aller Burgunder und aller Hunnen.

GERNOT Warum sollten wir denn sterben?

ORTLIEB Weil ihr zu viel Wein trinkt.

ETZEL Darauf trinken wir!

ORTLIEB Onkel Gunther, warum muss immer einer sterben, damit man König wird?

HAGEN Wollt Ihr denn König werden?

ORTLIEB Ja.

HAGEN Das geht nur über meine Leiche, da habt Ihr recht.

GUNTHER Über meine, meint Ihr. Ihr seid ja kein König, Hagen.

GISELHER Und über meine.

GERNOT Und meine auch.

VOLKER Vergesst mich nicht, den Fiedler!

GUNTHER Ihr seid ja kein König, Hagen.

HAGEN Nein, ich bin das Königreich. Und wenn es fällt, fallt auch Ihr.

ETZEL Das ist ja ein ganz schönes Gemetzel, mein Sohn, dass du da mit deinem Ritter anstellst.

DIETRICH Besser er tut's als Ihr!

ETZEL Darauf trinken wir!

ORTLIEB Das sind siebentausend Krieger hier.

KRIEMHILD Wer ist denn stärker, die Burgunder oder die Hunnen?

ETZEL Wir wollen sehen, wer mehr an Wein verträgt.

ORTLIEB Dietrich, Ihr seid stark. Messt Euch mit dem schweigsamen Ritter!

DIETRICH Wir sitzen zu Tisch.

ETZEL Schlagt ihm keine Bitte aus.

Sie drücken Arme. Brünhild siegt.

ORTLIEB Da, der Stumme ist stärker. Jetzt du, Vater!

ETZEL Nein, ich nicht. Willst du nicht, schöne Königin?

ORTLIEB Ja, Mutter! Ihr wisst nicht, wie kräftig sie ist!

KRIEMHILD Aber ich bin doch selbst eine Burgunderin.

ETZEL Hier gehört Ihr zu den Hunnen.

HAGEN Mann gegen Frau. Ist das denn gerecht?

VOLKER Und Euer Kampf mit Kriemhild?

GISELHER Und Brünhild hat ja auch Gunther …

ORTLIEB Bitte, Mutter!

KRIEMHILD Für meinen Sohn tue ich alles.

ORTLIEB Wartet, Ritter, ich nehme Euren Ring.

Brünhild und Kriemhild beginnen den Kampf, sofort zeichnet sich ab, dass Kriemhild die Schwächere ist.

Nein, es ist nicht gerecht, wartet. Ein anderes Spiel. Schaut euch in die Augen. Wer sie zuerst schließt, der hat verloren. *Die beiden Königinnen schauen sich in die Augen.*

KRIEMHILD Eure Augen, dieser Blick, ich … Eure Augen erinnern mich … Nein, das Schwarz muss mich täuschen. *Sie blinzelt.*

ORTLIEB Da, Burgunder sind stärker, wie bei meinen Figuren hier, schaut nur. Aber sie sind gefangen. Die Hunnen sind klüger. Da Ritter, nehmt den Ring wieder. Fast hättet Ihr ihn an meine Mutter verloren …

HAGEN Ich habe einen anderen Preis, mein Junge. Ich vergaß Euer Geschenk. Holt ihr es mir, Ritter? Ich will keinen fremden Diener schicken, es ist in meinen Sattel.

KRIEMHILD Bleibt, Giselher kann gehen.

GISELHER Nein, Schwester. Du, Diener, geh.

VOLKER Ortlieb, sagt, was hat Eure Mutter Euch gesagt, zählt mehr. Der Arm oder der Kopf?

ORTLIEB Ich habe den Kopf eines Hunnen und die Muskeln der Burgunder, fühl mal!

VOLKER Und für wen schlägt Euer Herz?

DIETRICH Das Herz ist ein Muskel, aber der Verstand das Schwert, ihn zu durchbohren.

GISELHER Dann will ich keinen Verstand haben.

ORTLIEB Was muss ein König mehr haben, Muskeln oder Verstand?

DIETRICH Herz muss er haben.

GUNTHER Fass mal meine Muskeln an.

GISELHER Wenn Ihr Euren Kopf verliert, zucken die Muskeln noch. Ich habe einen gesehen, der zog noch weiter mit seinem wütenden Schwert und schlug wild um sich. Es ist wie bei den Schlangen.

ORTLIEB Willst du sagen, die Burgunder sind wie Schlangen?

GUNTHER Schaut mich an, beides muss ein guter König haben.

ETZEL Ihr habt sogar eine Frau, die Muskeln hat.

KRIEMHILD Sie hat ihn um den Verstand gebracht.

HAGEN Was wollt Ihr damit sagen?

KRIEMHILD Bringt uns denn die Liebe nicht um den Verstand? Oder liebt Ihr mit der Stirn?

HAGEN Ich biete sie Euch gerne.

VOLKER Seht, Hagen übt sich in der Minne. Wenn er schwach wird, wird er schwach. Lasst mich die schöne Königin für Euch besingen.

DIETRICH Mein junger Herr, was passiert denn dort gerade?

ORTLIEB Ich will nichts von der Liebe hören. Seht nur, die Burgunder tafeln mit den Hunnen, sie fühlen sich in Sicherheit. Aber da kommt Dankwart.

HAGEN Das soll mein Bruder Dankwart sein? Das ist ja eine Walküre!

ORTLIEB Und das seid Ihr. Ihr dürft ruhig den Ritter nehmen.

VOLKER Und wer bin ich?

ORTLIEB Der hier.

VOLKER Aber der hat weniger Muskeln als Hagen.

GERNOT Aber er hat die längsten Haare.

GISELHER Und singt wie eine Nachtigall.

GUNTHER Habt Ihr nur Ritter oder auch Könige?

ORTLIEB Ihr müsst es euch vorstellen, Kronen hab ich keine. Die habe ich neulich mit den Köpfen abgeschlagen.

HAGEN Und was will Dankwart? Er ist ja ganz aufgebracht!

ORTLIEB *als Dankwart* Ihr bleibt allzu lange sitzen, Bruder Hagen. Euch und Gott im Himmel klage ich unsere Not: Ritter und Knappen liegen tot in den Quartieren.

ETZEL Du hast eine blühende Phantasie, mein Sohn.

KRIEMHILD Er liebt die alten Sagen.

HAGEN Wer hat das getan?

ORTLIEB Fürst Blödelin, der Bruder Etzels, und seine wilden Männer. Doch hat er schwer dafür gebüßt, kann ich Euch sagen. Ich habe ihm seinen Kopf eigenhändig abgeschlagen.

HAGEN Das schmälert nicht den Ruhm, wo man von den Taten eines Helden redet, wenn er von der Hand eines andren Helden stirbt.

VOLKER Schöne Frauen werden ihn umso weniger beklagen.

DIETRICH Die Burgunder, junger Herr, verhöhnen den Tod. Das Leben gilt ihnen weniger als der Tod. Ein Tod in Ehren ist ehrenvoller als ein Leben ohne Ehre.

ORTLIEB Nur ein toter Burgunder ist ein guter Burgunder, hört ich sagen.

HAGEN Woher habt Ihr das?

ORTLIEB Aber das sagtest du doch.

GISELHER Recht hat er.

HAGEN Wollt Ihr ein guter Burgunder sein?

ORTLIEB Seht nur, gleich werden sie kämpfen.

HAGEN Was denkt Ihr, macht Hagen? Sagt es mir?

ORTLIEB Er tötet mich.

ETZEL Mein Sohn, das reicht. Setz dich zu deinem Vater.

ORTLIEB Ich habe keine Angst.

VOLKER Es ist ja nur ein Spiel.

DIETRICH Besser, wir spielen so, als wär es ernst und alle lägen erschlagen im Blut, während wir hier uns berauschen.

GERNOT Ihr trinkt ja nichts.

GUNTHER Warum, mein Neffe, sollte Hagen ein Kind erschlagen?

ORTLIEB Wegen dir.

GERNOT Ich würde Euch mit meinem Leben verteidigen.

ORTLIEB Aber du verstehst nicht. Dann wären sie quitt. Weil ja die Hunnen ihre Mannen umgebracht haben. Dann könnten sie weitertafeln.

VOLKER Da versetzte Hagen, der tapfere Held, dem jungen Ortlieb einen Hieb, dass ihm am Schwert das Blut zur Hand herunterlief und der Kopf des Kindes in den Schoß des Königs sprang. Da brach unter den Helden ein schreckliches Gemetzel los.

HAGEN Nein, in den Schoß der Königin.

VOLKER Volker, der Starke, sprang von der Tafel auf. Laut erklang ihm in der Hand sein Fiedelbogen.

GERNOT Gewaltig geigte Gunthers Spielmann. Wie viele kühne Hunnen er sich zu Feinden machte!

VOLKER Auch die drei hohen Könige sprangen von den Tischen auf.

GUNTHER Sie wollten schlichten …

GISELHER … ehe Schlimmeres geschah.

GERNOT Mit aller ihrer Besonnenheit konnten sie es nicht verhindern …

ORTLIEB … als Volker und Hagen begannen, so zu wüten.

GUNTHER Da sah der Herrscher vom Rhein, dass es nicht möglich war zu schlichten.

GISELHER Da schlug der Fürst den Feinden selber viele klaffende Wunden.

GERNOT Er war ein tapferer Held. Eindrucksvoll bewies er das.

DIETRICH Ihr seid wie Kinder.

HAGEN Niemand ist so grausam wie Kinder. Was ich lernte, lernte ich von ihren Spielen. Keine Fliege hatte Flügel, nur die Engel hatten welche.

KRIEMHILD Hättet Ihr ein Kind, Ihr wüsstet, was es heißt zu lieben.

DIETRICH Es gibt nichts Schlimmeres als den Tod eines Kindes. Wir wollen nicht weiterspielen, lasst uns lieber Lieder hören und unsere Versöhnung anders feiern als mit gespieltem Mord und Totschlag allerorten.

ETZEL Lasst sie gewähren, Freunde. Das Spielen befriedigt in uns das Tier. Was sind unsere Turniere anderes als Kriege, die wir nicht führen. Gerne dürfen wir hier im Dichten wüten und Erzählen, das Grausamste mit dem Grauen vermählen, die Herzen stählen und zu Tode quälen, wenn wir danach umso befreiter von der Schwärze, die unsere Zunge wie der rote, schwere Wein färbte, am Ende uns in den Armen liegen.

KRIEMHILD Und welche Rolle soll ich hier spielen?

HAGEN *als Kriemhild* Bring mich lebendig hier heraus, Dietrich, bei der Ehre aller Fürsten! Erwischt mich Hagen, bin ich tot.

GERNOT »Wie soll ich Euch denn helfen«, sagte König Dietrich, »hochgeborene Königin? Ich bin in Sorge um mich selbst. Gunthers Männer sind derart erzürnt, dass ich im Augenblick niemanden schützen kann.«

KRIEMHILD Dietrich, zeig heute deine Größe, hilf mir hinaus, sonst muss ich sterben!

DIETRICH Man hat mir nichts getan. Lasst mich und meine Leute mit Eurem Schutz und Frieden das Haus und diesen harten Kampf verlassen! Ihr könnt sicher sein: Ich werde es Euch immer danken.

GISELHER Ich hätte nie gedacht, dass Ihr zwei Zungen habt.

ETZEL Da sagte König Gunther: »Ich erlaube Euch, führt aus dem Haus so viele, wie Ihr wollt, nur meine Feinde nicht. Die sollen bleiben. Sie haben mir im Hunnenland so Übles angetan.«

VOLKER Als Dietrich das vernommen hatte, legte er den Arm um die hochgeborene Königin. Die war in großer Sorge. An seiner andern Seite führte er Etzel aus dem Saal. Mit Dietrich gingen auch sechshundert starke Männer.

ORTLIEB Aber Vater, du würdest doch nicht so feige dich davonstehlen unter Dietrichs Mantel?

ETZEL Du musst lernen, dass der Mut eines Königs die Klugheit ist. Ein toter König heißt nichts anderes als, der König ist tot, und ein anderer lebt.

ORTLIEB Würdest du denn nicht für mich dein Leben geben?

ETZEL Dann wäre der König der Hunnen ein Kind.

ORTLIEB Als König der Hunnen muss ich mich schützen. Ritter, leiht Ihr mir Eure Rüstung. Ich würde so gerne die Rüstung eines Helden tragen.
Brünhild zieht ihre Rüstung aus und umgürtet damit Ortlieb, küsst ihn auf die Stirn und schickt ihn mit einem liebevollen Stoß zu seinen Eltern.

VOLKER Weh über dieses Fest, sagte Etzel, da drin kämpft einer wie ein wilder Eber, der heißt Volker, ist ein Spielmann. Ich danke meinem Glück, dass ich dem Teufel entkam. Seine Weisen tönen übel, seine Bogenstriche sind rot.

GERNOT Seine Töne fällen viele Helden. Ich weiß nicht, was uns dieser Spielmann vorwirft, niemals hatte ich so einen schlimmen Gast.

ETZEL Sagt König Etzel. Darauf müssen wir trinken!!

DIETRICH Da haben sie alle ganz schön gewütet.

ORTLIEB Siebentausend tragen die Burgunder unter dem Klagen der Hunnen vor die Tür und werfen sie hinaus, dass sie zu Tode fallen. *Er steht jetzt vor seinen Eltern.*

DIETRICH Übertreibt Ihr nicht? Die Burgunder sind stark, aber die hier sollen allein siebentausend niedergemetzelt haben?

KRIEMHILD Jetzt sehe ich, dass es stimmt, was man mir sagte, die Hunnen taugen nichts.

VOLKER Sie klagen wie die Weiber.

KRIEMHILD Klage ich etwa?

VOLKER Ich dachte, Ihr spielt den Hagen?

ORTLIEB Was passiert, Ritter, wenn ich an dieser Schnur jetzt ziehe? Straff ich die Rüstung dann?

GISELHER Ihr könntet darüber klagen, dass Etzel selbst nicht ganz vorne kämpft.

VOLKER Wie es hier jeder meiner Herren tut. Die spalten Helme, unter ihren Schwertern fließt das Blut.

KRIEMHILD Das seht Ihr falsch. Etzel ist so kühn, er greift zu seinem Schild.

HAGEN »Haltet Euch zurück«, sagt Königin Kriemhild, »versprecht vielmehr den Helden Schilde voller Gold, denn wenn Hagens Wurf Euch dort erreicht, seid Ihr ein toter Mann!«

ORTLIEB Immer geht es bei Euch um Gold. Darf ich jetzt daran ziehen, Herr Ritter? Ich habe Angst, die Rüstung fällt von mir ab.

KRIEMHILD Ja, mein Schatz.

ORTLIEB Hagen, wo hast du ihn versteckt?

GERNOT Bei Dietrich in der Schweiz wird er sein, dort entspringt doch der Rhein.

ORTLIEB Der Strick hängt fest. Hagen, verrat es mir. Der Schatz gehört doch mir!

HAGEN Du musst deine Mutter fragen. Sie ist jetzt Hagen, sie hat gerade die Fäden in der Hand.

ORTLIEB Ja, Mutter, zieh daran, bitte.

KRIEMHILD *als Hagen* Siegfried liebte Kriemhild, bevor sie dich je sah. Erbärmlicher König, warum stellst du mir nach?

ETZEL Wegen des Schatzes!

HAGEN *als Kriemhild* Wer mir Hagen von Tronje tötet und mir seinen Kopf bringt, dem fülle ich Etzels Schild mit rotem Gold und gebe ihm zum Lohn noch gute Burgen und Länder.

ETZEL Denkt Ihr, ich habe hier etwas zu verschenken? Mein Sohn, gib dem Ritter die Rüstung zurück. Er sitzt ganz nackt da.

ORTLIEB Sie gehört jetzt mir.

VOLKER Tausendundvier Männer waren in das Gebäude eingedrungen. Man hörte Schwerter sausen, sah sie blitzen. Am

Ende wurden alle drin erschlagen. Man konnte wahre Wunder von den Burgundern sagen. Dann wurde es ganz still, der Lärm verhallte. Überall floss Blut von den Toten durch die Löcher und zu den Riegelsteinen.

GERNOT Das hatten die vom Rhein mit großer Kühnheit, großer Kraft getan. Sie baten, den König zu holen. Die blutbedeckten, rostbeschmierten Helden traten aus dem Haus, die drei hohen Könige.

GISELHER Sie wussten nicht, wem sie ihr großes Unglück klagen sollten. Etzel und Kriemhild kamen beide.

ETZEL Was wollt Ihr von mir?

KRIEMHILD Frieden.

ETZEL Ihr hofft auf Frieden?

HAGEN Das ist ganz unmöglich.

ETZEL Ihr sollt keine Gnade finden, solange ich am Leben bin.

GUNTHER Aber Ihr seid doch berühmt für Eure Gnade. Und wir sind als Freunde in dieses Land geritten.

ETZEL Habt Ihr schon vergessen?

DIETRICH Das Land habt ihr entvölkert, du und deine Brüder.

ETZEL Hagen hat meinen Jungen erschlagen.

VOLKER Kriemhild hat es provoziert.

DIETRICH Ihr eigenes Kind opfern?

ETZEL Ihre schärfste Waffe.

KRIEMHILD Warum habe ich denn Etzel geheiratet?

ETZEL Wegen seines Goldes.

KRIEMHILD Und er mich?

ETZEL Wegen deines Schatzes! Wo hast du ihn nur versteckt? Wollen wir unter dem Tisch suchen? Komm, Junge, such mal, ich glaube, da unten liegt etwas verborgen.

ORTLIEB Ich muss erst die Rüstung … Jetzt kann ich den Strick bewegen. Gleich lässt er sich ziehen.

HAGEN Wir sollten gehen.

GUNTHER Und alles Gold gehört mir. Wir wollen bleiben und gute Gäste sein. Das Spiel gefällt mir.

HAGEN Wir haben genug gelacht. Wir danken euch, es war ein Fest, wie wir es nicht erwartet hatten.

GERNOT Ja, lasst uns ins Freie, wir sind vom Kampf erschöpft.

KRIEMHILD Ihr wollt schon gehen? Komm, Ortlieb, halt sie fest.

Ortlieb rennt zu Hagen, umklammert ihn.

Mein König, lasst die Mordbegierigen nicht aus dem Saal heraus! Es wäre der Tod für Eure Verwandten. Und lebte keiner mehr von ihnen, nur noch Utes Söhne, meine hochgeborenen Brüder – kommen die ins Freie, kühlen ihre Panzerringe ab, dann seid ihr alle verloren. Kühnere Helden hat es auf der Welt nie gegeben.

GISELHER Schöne Schwester, nie hätte ich gedacht, dass Ihr mich über den Rhein in dieses Land einladen würdet zu diesem schweren Kampf. Was habe ich den Hunnen denn getan, dass sie mich töten. Immer habe ich zu Euch gehalten, Euch nie ein Leid getan. In der Gewissheit ritt ich her, dass Ihr mir gewogen wäret, liebste Schwester. Seid uns gnädig! Ihr müsst es sein!

HAGEN Es ist genug.

GISELHER Aber ich habe noch Durst.

KRIEMHILD Ja, es ist heiß, ihr habt Durst, ihr müsst trinken. Ich habe den Saal angezündet.

GUNTHER Der Tisch brennt. Was macht Ihr da?

GERNOT Wir müssen den Durst löschen.

GISELHER Wir werden sterben.

VOLKER Was hilft es uns, dass uns der König freundschaftlich empfing? Mich plagt der Durst so sehr von dieser fürchterlichen Hitze. Ich glaube, davon wird mein Leben bald zu Ende sein in dieser Qual. Ich habe einmal einen Verrückten gesehen, einen Kreuzritter. Er hatte seine Rüstung gefüllt mit Stoff-

und Strohkugeln, die er in Pech getaucht hatte, und dann lief er in die Menge und zündete sich an. Es war eine Feuersbrunst.

GUNTHER Maßlos lässt die Königin ihren Zorn an uns aus. Wir haben nichts zu trinken.

ETZEL Schenkt ihnen ein, den Helden, gebt ihnen vom besten Wein!

VOLKER Da sagte Hagen von Tronje: »Ihr hochgeborenen, tapferen Ritter, wen der Durst quält, der trinke hier das Blut. Das ist in solcher Hitze besser als Wein. Nichts Besseres kann es jetzt geben.«

HAGEN Es ist genug, habe ich gesagt.

GISELHER Dass ich auf Euren Rat so gut getrunken habe! Besseren Wein hat man mir niemals eingeschenkt. Wenn ich noch eine Weile lebe, will ich Euch immer dankbar sein.

HAGEN Es ist genug gestorben und getrunken, meine Könige. Danke für das Spiel.

VOLKER Es stirbt nur, wer sterben soll. Lasst uns noch bleiben.

KRIEMHILD Ihr dürft jetzt noch nicht gehen.

GUNTHER Wir müssen. Wir stehen sicherer nach tödlichen Hieben als nach solchen Bechern Wein.

KRIEMHILD Dann lasst mir Hagen da. Er hält mehr aus als alle anderen. Gebt ihr mir nur Hagen als Geisel heraus, dann könnte ich, die böse Königin, euch leben und jetzt gehen lassen, denn ihr seid meine Brüder, wir sind die Kinder einer Mutter.

GISELHER Das verhüte Gott im Himmel!

GERNOT Und wenn wir tausend aus Eurer Sippe wären, wir würden eher sterben, als Euch hier einen Mann als Geisel auszuliefern. Das geschieht niemals. Wein, gebt mir Wein!

HAGEN Gernot, schaut, wo der Diener bleibt.
Gernot ab.

GISELHER Einmal müssten wir doch sterben.

VOLKER Niemand kann uns hindern, uns wie Ritter zu wehren. Wenn einer mit uns kämpfen will, hebt das Glas – wir stehen wieder zur Verfügung, denn ich habe niemals einen Freund im Stich gelassen.

HAGEN Es wird ein übles Fest, das die Königin uns gibt.

ORTLIEB Ihr seid so ernst. Und ihr lasst den Ritter hier gar nicht mitspielen. Ich habe eine Idee. Komm, Ritter, schreib mir auf den Rücken Buchstaben und wie du heißt.
Brünhild beginnt Buchstaben auf den Rücken des Jungen zu schreiben.
Das ist ein B. Und das, das ist auch ein B, nein, ein R, es ist ein R. Br, Br. Was ist das, das ist kein Buchstabe. Du tust mir weh. Ach so. Ah, ich versteh es. Wir spielen Flüsterpost. Er schreibt es mir auf den Rücken, und dann sag ich Mutter, was er schrieb, und Mutter, du sagst es Vater weiter, und Vater Hagen, bis es wieder bei mir ist.

Brünhild schreibt zwei Sätze auf den Rücken.
Das glaube ich nicht. Das ist lustig. Nein, bist du nicht. Schreib noch mal das letzte Wort. Das letzte ist ein T wie in Mutter. Ein Wort mit zwei T.
Er geht zu Kriemhild. Brünhild geht mit ihm mit, folgt ihm, ihre Hand auf dem Rücken Ortliebs. Ortlieb spricht ihr ins Ohr.

GISELHER Was für eine Hitze. Mir ist so heiß von all dem Wein, als wäre er aus Lava.

DIETRICH Hier ist jeder Hügel ein Vulkan.

KRIEMHILD Br…

ORTLIEB Nein, du darfst es noch nicht sagen. Du musst es Vater sagen.
Kriemhild flüstert zu Etzel.

VOLKER Ja, es ist heiß, wir haben Durst, uns dürstet nach Blut!

ETZEL Wir wollen …

ORTLIEB Aber die Flüsterpost …

ETZEL Wir wollen unser Blut wie Brüder trinken. Kommt, lasst uns die Gläser mit unserem Blut füllen und Freundschaft trinken.
Die Mundschenke bringen Messer.

ORTLIEB Ich habe ein Messer.

HAGEN Da seid Ihr ja wieder, mein Junge. Kommt, schlitzt mir die Haut auf, damit mein Blut an den Armen herab ins Glas fließt. Fehlt nur mein Bruder Dankwart.

KRIEMHILD *zu Brünhild* Ritter. Tut mir den Gefallen. Schaut mir nach Dankwart. Wenn wir uns alle versöhnen, darf er nicht fehlen. Aber lasst mir Euren Ring da als Pfand für den Fall, dass ich Euch nicht wiedersehe und vergesse, was Ihr meinem Sohn auf den Rücken schriebt.

Brünhild zieht den Ring ab, küsst ihn und gibt ihn Kriemhild. Dann streicht sie Ortlieb über das Haar, nimmt die Rüstung, bindet sie fest um ihn, zwinkert mit den Augen und gibt ihm ein Zeichen, er solle mitkommen mit ihr. Ortlieb lacht und folgt ihr. Kriemhild sieht ihnen nach, zögert. Die ganze Runde singt gerade ein Lied, es ist laut. Dass Ortlieb geht, bekommen sie nicht mit.

GISELHER Wo bleibt denn eigentlich Dankwart?
Ortlieb kommt wieder, er ist allein, hat noch die Rüstung an. Will sie ausziehen, es gelingt ihm nicht, aber er zieht dabei aus Versehen den Zünder, ohne es zu wissen und ohne dass es sofort eine Explosion gibt.
Hört mir denn keiner zu? Wo bleibt Dankwart?

ORTLIEB Aber der kämpft doch gerade.

HAGEN *lachend* Ach ja, ich vergaß. Steht Ihr für ihn und gebt mir Eure Hand. Es tut nicht weh.

ETZEL So lasst uns trinken und einander ewige Treue schwören!

VOLKER Soll niemand sagen, dass ich kein Hunnenblut soff!

GUNTHER Und nicht das Blut aus jeder Wunde troff!
Sie trinken das Blut des jeweils anderen. Hagen das von Ortlieb. Der Narr geht zu Ortlieb, flüstert ihm etwas zu.

KRIEMHILD So sind wir alle einander vermählt und treu.

HAGEN Bis dass der Tod uns scheidet.

GISELHER Dass niemand je dies Glück bereu.

GERNOT Und keiner mehr unter dem Schwert des anderen leidet.

DIETRICH Wir wollen Gott für diesen Frieden danken, die Augen schließen und die Hände falten. *Stellt sich hinter Hagen.*

VOLKER Und nun, vom Blut berauscht, zu unserem Lager wanken.

HAGEN Bruder!

GERNOT *triefend vor Blut* Ihr bleibt allzu lange sitzen, Hagen. Euch und Gott im Himmel klage ich unsere Not: Ritter und Knappen liegen tot in den Quartieren.

Die Mundschenke erstechen auf ein Zeichen Etzels alle Burgunder bis auf Gunther und Hagen, der im Moment des Mordanschlags Ortlieb sein Messer entreißt und es ihm auf das Herz hält, während hinter ihm Dietrich das Schwert gezückt hat und ihn jeder Zeit erschlagen könnte. Hinter Gunther steht der Narr und drückt ihm die Klinge so an die Kehle, dass sie blutet.

HAGEN *Ortlieb im Arm* Lasst uns frei, und ich lass ihn am Leben.

ORTLIEB Mutter, hab keine Angst, der Ritter wird mich retten, er hat es versprochen.

KRIEMHILD Es wird kein Ritter kommen, mein Sohn.

ORTLIEB Er hat mir die Treue geschworen. Auf sein Leben.

HAGEN In diesem Haus sind alle Schwüre Geschwüre, alles verkehrt sich in sein Gegenteil, wo die Treu gebrochen und der Hass geliebt wird.

ORTLIEB Nein, der Ritter ist anders. Er kommt. Er ist schon da. Dort im Dunkel wartet er.

KRIEMHILD Ja, ich kann ihn im Dunkel sehen, wo alle Verräter stehen.

HAGEN Gebt uns frei, sonst töte ich ihn.

DIETRICH Wenn Ihr ihm ein Haar krümmt, liegt Euer Kopf auf dem Tisch. Seid ein Mann und ergebt Euch in Würde und ohne Bedingung, dann wird die Königin Euch und Eurem König das Leben schenken.

HAGEN *lacht laut* Das Leben?

KRIEMHILD Dietrich, du siehst und du hörst nichts. Noch weißt du, was geschah.

ORTLIEB Aber weiß er nicht, wo mein Ritter ist?

KRIEMHILD Frag Hagen, wer der Ritter war, mein Sohn.

HAGEN Ich werde ihn als Schild gegen Dietrich halten, und zwei Augenblicke später steh ich mit dem Schwert vor Euch.

KRIEMHILD Dann ist dein König tot. Und du hältst deinem neuen König das Messer aufs Herz.

HAGEN Wo ist Etzel? Ich will mit Etzel verhandeln.

KRIEMHILD Etzel weint um seinen Sohn.

HAGEN Nehmt mein Leben für alle, das wolltet Ihr doch, und gebt meinem König, Eurem Bruder, die Freiheit.

KRIEMHILD Dafür ist es zu spät.

HAGEN Nein. Wolltet Ihr nicht meinen Kopf?

ORTLIEB Sag, Hagen, bist du der Ritter, Onkel?

KRIEMHILD Ich will den Schatz in deinem Kopf. Gib ihn mir, dann könnt ihr gehen.

HAGEN Euer Schatz ist in meinem Arm hier.

ORTLIEB Hagen, bist du wirklich der Ritter? Hast du mich angelogen?

HAGEN Er ist im Rhein.

ORTLIEB Onkel. Ritter!

KRIEMHILD Ich will deinem Gedächtnis auf die Sprünge helfen. Ortlieb?

ORTLIEB Ja, Mutter.

KRIEMHILD Du weißt, was du mir versprochen hast?

ORTLIEB Ja, Mutter. Ich töte Hagen, habe ich dir geschworen.

KRIEMHILD Das lass meine Sorge sein, davon will ich dich befreien. Erinnere dich, mein Sohn, was du mir versprochen und geschworen hast die ganze Zeit, wenn ich traurig war und meine Tränen auf dein Gesicht flossen.

ORTLIEB Ja, Mutter. Verlass dich auf mich.

HAGEN Ich stehe jetzt auf und nehme Ortlieb mit mir. Und Ihr lasst Gunther frei.

ORTLIEB Hagen?

HAGEN Ja?

ORTLIEB Mutter?

KRIEMHILD Mein Sohn.

ORTLIEB Ich bin Siegfried.

Ortlieb drückt sich in das Messer und ist sofort tot. Noch ehe ihn Hagen von sich schleudern kann, denn er ist ganz benommen, schlägt ihm Dietrich das Schwert auf den Arm und somit eine tiefe Wunde. Die Mundschenke überwältigen Hagen und entwaffnen ihn. Dietrich trägt den toten Ortlieb zu Kriemhild.

DIETRICH Ihr habt aus Eurem Sohn Euren Mann gemacht. Warum müssen alle sterben, die Ihr liebt?

KRIEMHILD Gold stirbt nicht.

BILD 6 / EPILOG: ETZELS LIED

Gunther und Hagen mit weißen Tüchern über ihren Köpfen, getränkt vom Blut ihrer Wunden, als wären sie längst abgeschlagen. Hagen sitzt an dem abgebrannten Tisch zwischen den Leichen. Kriemhild trägt den toten Ortlieb zu Etzel, der zurück an den Tisch kommt. Dietrich führt Gunther zu Kriemhild, wartet aber zunächst, da er sieht, dass die beiden reden. Im Hintergrund der Narr.

ETZEL *in seinem Schoß der tote Ortlieb* Sie gehören dir. Finde deinen Schatz! Über den Kehlen liegt er in ihren Köpfen verborgen. Nicht der Rhein wäscht sein Gold, unter dem Blut musst du es finden, in den Tiefen ihrer Wunden hinter der Stirn. Du kannst ihnen das Herz herausreißen. Sie leben ohne Herz. Du kannst ihnen die Hände abschlagen, sie werden nur lachen. Du kannst ihnen die Füße von den Fesseln schneiden, sie werden keine Miene verziehen. Die Burgunder kennen keine Liebe, deshalb ist ihnen kein Schmerz, geschlagen mit dem Schmerz, einen Schrei wert. Nur die Ehre macht sie verletzbar wie Kinder die Kälte. Du musst kalt sein, wie ich Kälte bin. Die Welt soll uns allein gehören und alles Gold, dafür wollen wir uns verschwören. Du erinnerst dich, als wir vor dem Mahl allein hier vor dieser Tafel standen, da haben wir aller Liebe abgeschworen, allem Zorn. Wir reichten uns die Hände, sahen uns in die Augen, wie auch jetzt, und versprachen einander mit dem Leben, uns erst dann wieder zu lieben, wenn wir endlich geschafft, wonach wir streben. Erst dann wollen wir sie uns schenken, die leidenschaftlichste Nacht. Bis dahin aber haben wir nur ein Ziel: die Macht. Vergiss das nicht, wenn du mit ihnen redest, und komm mir nicht mit leeren Händen zurück. Nur, wenn sie leer wie meine sind, so sauber und frei von Blut, können sie das Unfassbare und meine Krone tragen. Ich dreh dir jetzt den Rücken zu, rufe mich nicht, bevor du mit deinem Gold aus der Hölle kommst.

DIETRICH *nun mit Hagen* Lasst ihn leben, hochgeborene Königin! Es soll nicht sein Schaden sein, dass Ihr ihn gefesselt seht. Mir zuliebe schont die landfremden Männer!

KRIEMHILD Das tue ich mit Freuden. Lass mich allein mit ihm.
Dietrich geht zu Etzel.
Gebt Ihr mir wieder, was Ihr mir genommen habt, dann könnt Ihr noch lebendig nach Hause kommen, nach Burgund.

HAGEN Das fordert Ihr vergeblich, hochgeborene Königin. Ich habe geschworen, den Schatz nicht zu verraten, solange einer meiner Herren lebt – solange gebe ich ihn niemand. Der Blitz wird Euch treffen, Ihr werdet Asche sein, bevor ich Asche bin. Kein Mann wird mich erschlagen, so hat es Gott in seiner Vorsehung bestimmt.

KRIEMHILD Siehst du, Hagen, hier ist dein König, mein Bruder. Die Zunge ist ihm geschwollen, kein Wort dringt mehr aus seinem edlen Mund, ganz verklebt vom Blut, das er schluckte, sind seine Lippen. Ich muss ihm aus den Augen lesen, wie es nur eine Schwester kann. Ach, geliebter Bruder, ja, ich verzeih dir, und deinen Wunsch wollen wir erfüllen. Hagen und ich, ein Herz und eine Seele sind wir, du wirst es am eigenen Leibe spüren. Ja, so sitzt ihr gut, einander gegenüber. Du kennst es ja, Bruder, Siegfrieds Schwert. Denkst du manchmal an ihn? In seinem Schwert ist er bei uns. Wir alle wollen die Wunden heilen und Versöhnung feiern. Hier, Hagen, Freund, ich schenk dir Siegfrieds Schwert, das du ihm gestohlen hattest. Hier, nimm es in die Hand.

HAGEN Wie unrecht hab ich Euch getan, Ihr seid edel wie ein Mann.
Kriemhild schlägt Gunthers Kopf ab, indem sie das Schwert mit Hagens Arm und Hand führt.
Teufelin! Du hast es nach deinem Willen zu Ende gebracht.

KRIEMHILD Mörder, du hast deinen König erschlagen!

HAGEN Wo der Schatz liegt, weiß jetzt niemand außer Gott und mir.

KRIEMHILD Sag mir, wo er liegt, und du bist frei und sollst ein König sein, wie ich eine Königin bin. Wir stünden gleich, und du wärst reich nicht nur an einem Schatz.

HAGEN Er ist hier in meinem Kopf hinter meinen geschlossenen Lippen. Hier bin ich König und du nicht Königin. Sucht ihn doch. Er wird Euch, Teufelin, immer verborgen sein.

KRIEMHILD Die Pein soll vergolten sein, doch meine Hände bleiben wie die Liebe rein.
Kriemhild hält ihm die Nase zu und küsst ihn zu Tode, bis er erstickt.
Was? Selbst als Toter lachst du mich noch aus!

Kriemhild verliert die Beherrschung und schlägt dem Toten den Kopf ab, was Dietrich sieht und für die eigentliche Tötung hält.

DIETRICH Wehe, wie ist der beste Held von Frauenhand getötet worden, der jemals kämpfte oder einen Schild getragen hat! Wie sehr ich ihn auch hasste, es schmerzt mich sehr. Ihr habt nichts davon, dass Ihr es wagtet, ihn zu töten. Koste es mich, was es wolle: Er hat mich selber fast erschlagen, trotzdem will ich den Tod des kühnen Tronjers rächen und Euren Sohn an Euch, in Etzels Namen.
Dietrich will mit seinem Schwert auf Kriemhild einstechen, doch zuvor hat ihm der Narr die Kehle durchtrennt.

ETZEL So bin ich König nun auch über Dietrichs Mannen und Rüdigers, der vor ihm fiel. So fern ihrer Heimat fanden sie einen unglücklichen Tod, der ihnen durch mich zur Ehre soll gereichen. Narr, schreibt auf, was ich Euch sage. Und du, Königin, wisch das Blut aus deinem Gesicht, du bist ganz von Hagen verspritzt. Sänger, hört und schreibt auf: Hagen hat im letzten Kampfe Dietrich erschlagen und Kriemhild, die Grausame, erschlug Hagen. Das sah Hildebrand und wütete gar fürchterlich: Wehe, wie ist der beste Held von Frauenhand getötet worden, der jemals kämpfte oder einen Schild getragen hat! Wie sehr ich ihn auch hasste, es schmerzt mich sehr. Du hast nichts davon, dass du es wagtest, ihn zu töten. Koste es mich, was es wolle: Er hat mich selber fast erschlagen, trotzdem will ich den Tod des kühnen Tronjers rächen. Und so hieb er mit seinem Schwert die Königin in Stücke und starb darüber selbst, der Alte, dem das Herz gebrochen, wie doch die Welt aus allen Fugen war und nunmehr Etzel, sie zu retten. Hast du es?

NARR Wort für Wort. Do sluoc. Do sluoc. Dort kreisen schon die Krähen, seht ihr?

ETZEL Und nun zu dir, Königin. Hast du vergessen, was ich dir sagte, was du versprachst? Nun liegst du, du hörtest es, in Stücken und dein Blut mischt sich mit dem von Hagen, deinem Feind, der dir am nächsten war.

KRIEMHILD Aber mein König, ich lebe doch!

ETZEL Tust du das? Die Mär weiß anderes zu berichten, nicht wahr?

NARR Wahr ist, was Ihr erzählt.

ETZEL Wir kennen den Namen des Sängers des Liedes nicht. Kann sein, er täuschte sich. Ein Burgunder, der, welch Wunder, überlebte, was er sah. Vielleicht blendete ihn die Rache wie auch dich. Mag sein, du kannst ihn widerlegen, dann wird ein anderer anders schreiben, wie es mit dir weiterging, nachdem du aus dem Blutbad stiegst wie eine junge Königin. Du bist nun frei wie der Falke deines Traums. Hier, nimm Hagens Kopf und such darin, wo er den Schatz verborgen hat. Und findest du im Rhein ihn dann, bist rein du aller Schuld gegen mich. Kein Wort nun mehr, sonst wechselt mir der Sinn, und der Narr schlachtet dich wie in den Versen hin. Hör zu und dann geh mit deinem Gott. Narr, passt auf: »Da waren alle tot, die sterben sollten. In Stücke war die Königin gehauen. Da brach Etzel in Tränen aus. Von Herzen beklagte er Verwandte und …«

NARR … Vasallen.

ETZEL Ich kann euch nicht berichten, was später dort geschah, weiß nur, dass Ritter und Damen und hochgeborene Knappen um ihre Lieben weinten.

KRIEMHILD Ich weine nicht.

NARR Da endet die Geschichte.

ETZEL Nun gut, lasst uns mit dem Anfang noch mal beginnen!

NARR Es war einmal in Burgund, Burgund, sluoc, sluoc. Da wuchs eine Prinzessin heran …

ETZEL … die war die Schönste weit und breit, Kriemhild genannt.

NARR Kriemhilt geheizen. Kräh, kräh. si wart ein schoene wîp.

ETZEL Sie wurde eine schöne Frau. Dar umbe muosen degene vil verliesen den lîp.

NARR Deshalb mussten viele Helden sterben. Der helt do, do, tot.
Ein Pfeil trifft ihn ins Herz.

ETZEL *zieht den Pfeil aus seinem Herzen und schreibt damit die letzte Zeile* Das ist der Nibelungen Lied.

BLACK.

Theater

Herbert Achternbusch
Der gelbe Hahn der Nacht
Band 18173

Edward Albee
Wer hat Angst vor Virginia Woolf ...?
Band 7015

Igor Bauersima
norway.today
Band 16144

Elias Canetti
Dramen
Band 7027

Ariel Dorfman
Der Tod und das Mädchen
Band 11426

Marguerite Duras
La Maladie de la Mort
Die Krankheit Tod
Band 7092

Hubert Fichte
Ödipus auf Håknäss
Band 10843

Dieter Forte
Kaspar Hausers Tod
Band 7050
Martin Luther & Thomas Münzer oder Die Einführung der Buchhaltung
Band 7065

Witold Gombrowicz
Operette
Band 7075
Die Trauung
Geschichte
Band 7070
Yvonne, die Burgunderprinzessin
Band 7069

Das gesamte Programm gibt es unter
www.fischerverlage.de

fi 666 031 / 4 / a

Theater

Hugo von Hofmannsthal
Elektra
Tragödie in einem Aufzuge
Band 12366
Jedermann
Band 10871
Der Schwierige
Band 7111

Thomas Hürlimann
Das Lied der Heimat
Alle Stücke
Band 14277

Eugène Ionesco
Die Nashörner
Band 7034

Helmut Krausser
Stücke 93-03
Band 15979

Jan Lauwers
Sad Face / Happy Face
Band 18220

Henning Mankell
Zeit im Dunkeln
Drei Theaterstücke
Band 15980

Arthur Miller
Ein Blick von der Brücke
Band 10399
Hexenjagd
Band 7108
Tod eines Handlungsreisenden
Band 7095

Eugene O'Neill
Alle Kinder Gottes haben Flügel
Band 10641
Alle Reichtümer der Welt
Band 11144
Eines langen Tages Reise in die Nacht
Band 15278
Der Eismann kommt
Band 7155
Der Große Gott Brown
Band 10640
Der haarige Affe
Band 10629

fi 666 031 / 3 / b

Theater

Eugene O'Neill
Hughie
Band 10639
Jenseits vom Horizont
Band 10642
Kaiser Jones
Band 10278
Ein Mond für die Beladenen
Band 10182
O Wildnis!
Band 10471
Seltsames Intermezzo
Band 10638
Trauer muß Elektra tragen
Band 7154

Falk Richter
Unter Eis
Band 16899

Roland Schimmelpfennig
Die Frau von früher
Band 16218
Der goldene Drache
Band 19251
Trilogie der Tiere
Band 17724

Peter Shaffer
Amadeus
Band 17327

Shakespeare Variationen
Band 18913

Neil Simon
Komödien I
Ein seltsames Paar, Plaza Suite, Der letzte der feurigen Liebhaber
Band 11986
Komödien II
California Suite, Sonny Boys, Gerüchte … Gerüchte …
Band 12456
Komödien III
Ein ungleiches Paar, Jakes Frauen, Ein Gag für Max
Band 12924

Marlene Streeruwitz
Waikiki-Beach. Und andere Orte.
Die Theaterstücke
Band 14693

fi 666 031 / 5 / c

Theater

Theater Theater
Aktuelle Stücke 11
Band 15252
Aktuelle Stücke 12
Band 15664
Aktuelle Stücke 13
Band 16027
Aktuelle Stücke 15
Band 16869
Aktuelle Stücke 16
Band 17311
Aktuelle Stücke 17
Band 17718
Aktuelle Stücke 18
Band 18172
Aktuelle Stücke 19
Band 18524
Aktuelle Stücke 21
Band 18783
Aktuelle Stücke 22
Band 19134
Aktuelle Stücke 23
Band 19542
Aktuelle Stücke 24
Band 19707
Aktuelle Stücke 25
Band 73006

Theater Theater
Odyssee Europa
Aktuelle Stücke 20/10
Band 18540

Anton Tschechow
Drei Schwestern und andere Dramen
Band 12925

Franz Werfel
Jacobowsky und der Oberst
Komödie einer Tragödie
Band 7025

Thornton Wilder
Unsere kleine Stadt
Band 7022
Wir sind noch einmal davongekommen
Band 7029

Carl Zuckmayer
Der fröhliche Weinberg / Schinderhannes
Zwei Stücke
Band 7007
Der Hauptmann von Köpenick
Ein deutsches Märchen
Band 7002
Der Rattenfänger
Band 7114
Des Teufels General
Drama in drei Akten
Band 7019

fi 666 031 / 7 / d